인복
그게 참 묘하다

인복
그게 참 묘하다

초판 1쇄 인쇄 2023년 7월 20일
초판 1쇄 발행 2023년 7월 25일

지은이 | 김나위
펴낸이 | 박찬근
펴낸곳 | (주)다연
주　소 | 경기도 고양시 덕양구 삼원로 73 한일윈스타 1422호
전　화 | 031-811-6789
팩　스 | 0504-251-7259
이메일 | judayeonbook@naver.com
편　집 | 미토스
표지디자인 | 강희연
본문디자인 | 디자인 [연;우]

ISBN 979-11-92556-12-3 (03810)

인복
그게 참 묘하다

김나위 지음

(주)다연
DAYEONBOOK

지금 이 순간, 명리에 길을 묻다

힘들고 지친 일상에서 만나는 명리학

봄·여름·가을·겨울을 읽어주는 것이 명리학이다. 명리학은 개인 인생의 길흉화복을 예측하는 학문이다. 힘들고 지친 일상에 직면하면 한 번쯤 상담받고 싶다는 갈망이 생긴다. 이것은 학문적 특수성이 가진 힘이다. 언제쯤 이 힘든 상황에서 벗어날 수 있을까? 내 인생의 꽃 피는 황금기는 언제 올까? 누구라도 궁금하지 않을 수 없는 영역이다.

나는 이러한 명리학이 가진 특수성이 참 좋다. 내일에 대한 불확실성과 불안함에서 벗어나지 못하고 괴로워하는 순간에 만나는 명리학은 그야말로 그 무엇과도 비교할 수 없는 치료제 역할을 한다. 힘들고 지친 순간에 만나는 명리학은 때로는 두려움과 불안에서 벗어날 수 있게 한다. 때로는 다시 시작할 수 있는 용기를 준다. 때로는 참아왔던 고단한 마음을 눈물로 펑펑 쏟게 만든다. 그야말로 위로가 된다.

세상에서의 첫 호흡의 순간을 생년월일시로 규정하고, 음양오행의 부호로 치환하여 개인의 인생을 분석하고 예측하는 학문이라니, 참 신묘하기만 할 뿐이다.

나만의 좋은 때는 언제일까?

사회학이나 성공학에서는 노력, 열정, 성실함, 좋은 습관이 성공의 밑거름이라고 강조한다. 이러한 요소가 충분히 투여되었을 때 성공을 얻는다고 말한다. 동양학에서는 성공하는 데 필요한 요소로 '운칠기삼(運七技三)'을 언급한다. 좋은 운이 와야 승진하고 성공하는 것이다. 나쁜 운에는 노력한다고 되는 것이 아니라고 말한다. 자신의 노력과 열정도 중요하지만, 운이 도와주어야 이루어진다고 한다.

어린 시절, 나는 운칠기삼의 의미를 잘 몰랐다. 성공하려면 온 힘을 다해 노력하고, 열정을 쏟아야 한다고 믿었다. 좋은 성과를 얻기 위해 그렇게 고군분투했지만, 역부족인 일들이 있었다. '사람들이 이래서 운칠기삼을 강조했던 거구나! 노력과 열정도 필요했지만 더불어 운이 따라 주었다면 조금 더 좋은 결과를 얻지 않았을까?' 하는 아쉬움이 생길 때마다 좋은 운에 대하여, 명리학의 원리에 대하여 궁금한 점들이 증폭되었다.

좋은 운과 운칠기삼이 명리학적 원리에 속한다. 명리학의 원리에는 나만의 좋은 운이 있고, 좋지 않은 운이 있다. 일이 잘되려면 운이 와야 한다.

사람의 인생을 완벽하게 분석하고, 미래를 예측할 수는 없다. 다만 명리학적 원리에 따라 좋지 않은 운에는 이것저것 책임지지도 못할 일을 벌여 불행을 자초하지 않는 것이 좋고, 좋은 운에는 소신껏 일을 추진하는 것이 좋다고 본다. 이러한 선택을 하려면 먼저 나에게 좋은 운의 시기는 언제쯤인지 알아야 한다. 지금이 좋은 운인지 나쁜 운인지 알고 있어야 적절히 대응할 수 있다. 나쁜 운의 시절에는 준비 과정이 필요하다.

힘든 상황에 직면하여 갈팡질팡하고 있다면 오로지 혼자가 아닌 우리로 조금 더 견디기를 바란다. 봄·여름·가을·겨울의 흐름으로 인생을 읽어내는 명리학 원리에는 힘든 시기가 지나야 좋은 시기가 오고, 바닥을 쳐야 위로 오르는 반전이 시작되기 때문이다. 지금의 힘든 시기가 긴 터널의 끝자락일 수 있다. 힘든 운이 바닥을 치면 좋은 운으로 반전되는 것이 벗어날 수 없는 명리학의 원리이자 삶의 이치이다. 3000년 이상의 역사를 가진 명리학의 원리가 그냥 만들어진 것은 아닐 거다. 다시 힘을 내어볼 만하다.

이 책을 사랑해준 모든 분께 감사드린다. 이 책을 통해 조금이나마 마음의 위안을 얻길 바란다. 이 책이 세상에 나올 수 있도록 응원하고 지지해준 남편에게 감사하고, 다연출판사 임직원들께도 고마운 마음을 전한다.

김나위

차례

Prologue   지금 이 순간, 명리에 길을 묻다   004

Part 1

명리를
만나다

Chapter 1 인복을 엮다

인복, 그게 참 묘하다   015
타인에게 덕 보고자 하는 마음인가?   022
인복보다 돈복이 더 좋다면?   028
인성운, 제대로 활용하는 법   034

Chapter 2 관운복을 열다

연애도, 결혼도 아직 때가 되지 않았을 뿐!   041
여자에게 타고난 관운복이란?   047
남자에게 타고난 관운복이란?   055
관운복, 제대로 활용하는 법   059

Chapter 3 재물복을 담다

돈 그릇의 크기   067
부자가 되는 조건   074
돈복을 제대로 활용하는 사람   082
돈복이 좋아질 때 나타나는 징조들   091

Part 2

명리로
나를 보다

Chapter 4 나의 '특', 그의 '특', 그녀의 '특'

음과 양으로 사람의 성향을 표현한다면   099

목木인 사람들의 장단점은 무엇일까?   103

화火 그리고 토土인 사람들은 어떨까?   108

금金인 사람들, 수水인 사람들은 뭐가 다를까?   113

Chapter 5 나 자신을 알다

당신은 어떤 사람인가?   119

선천적인 성격을 분석하는 원리   124

무존재 오행, 내가 되다   130

재관쌍미, 귀한 사주라고 했는데!   134

내 사주는 욕심이 과하면 탈이 생긴다는 탐재괴인   138

Chapter 6 플러스와 마이너스, 합을 맞추다

궁합, 볼까? 말까?   143

좋은 궁합은 서로를 돕는다   147

동료 궁합은 팀워크다   154

가족 궁합은 소통과 불통이다   160

Part 3

명리로
운을 열다

Chapter 7 개운하다

운이 좋아지는 방법이 있을까? 171

신세대가 추구하는 개운법 178

운을 개척하며 살아가는 사람들 181

좋은 운을 끌어오는 마인드 186

좋은 운을 끌어오는 말 190

Chapter 8 운, 통하다

고민을 함께 나눌 친구가 없을 때 195

내 뜻대로 일이 풀리지 않아 괴로운 순간에 201

선택과 결정을 두고 고민될 때 207

겉모습이 전부는 아니니까! 211

다시 시작할 수 있을까? 217

사주 상담이 상처가 된 사람에게 222

사는 것이 고단하다고 느낄 때 228

Part 1

명리를
만나다

인복의 좋고 나쁨은 사주팔자 범주에 속한다.
개인 사주에서 인복은 명리학적 용어로 '인성'에 해당한다.

인복, 그게 참 묘하다

인복이 따르는 사람은 당할 수 없다. 주변 사람의 도움으로 일이 순탄하게 풀리는 사람을 보면 때로는 맥이 빠진다. 뭐라도 잘해내고 싶어 아등바등 하루를 살아내지만, 현실적으로 좋은 성과를 내기란 쉽지 않다. 이런저런 노력으로 고생고생하다가 결국 추진하는 일들을 포기하는 경우도 참 많다. 온 힘을 다해 겨우 일을 마치는 이가 있는가 하면, 잘하려는 열정도 부족하고 대충대충 요령 피우며 일하는데도 윗사람의 사랑을 받는 이가 있다. 주변인들이 알아서 척척 도와주고 실력이 월등하지도 않은데 인복이 좋아 승승장구하는 사람이라니! 이런 면으로 볼 때 세상은 참 불공평하다. 불공평한 현실을 만나는 순간 '나는 지지리 인복 없는 사람'으로 전락하기도 한다.

인복, 인복에 대한 목마름, 인복에 대한 갈구는 누구에게나 있다. 사람과 사람이 모여 성과를 이뤄가는 지금의 사회에서 인복을 고민하고 동경하는 것은 당연하다. 삶은 곧 사람이고, 사람이 곧 성공이며 실력이기 때문이다. 인공지능(AI) 등의 첨단기술이 발전하여 혁신적인 일상이 펼쳐지고 우주여행을 하는 시대가 와도 인복에 대한 목마름은 여전히 계속될 것이다.

참 묘하다. 인복이 많은 사람은 태어나는 순간 선택되는 것일까? 아니면 나이가 들면서 스스로 만들어가는 것일까? 어떤 사람은 인복이 넘치고, 어떤 사람은 부족해도 너무 부족하다. 자기 자신에게 딱 맞는 타고난 인복의 크기가 정해진 것일까? 알쏭달쏭하다. 과학적으로 분석한다고 해도 설명하기 어려운 부분이 많다. 인복의 넘침과 부족함에 대하여 수없이 고민해도 개인에 따른 인복의 기준을 알 수 없음이니 그저 신묘하기만 하다. 풀리지 않는 수수께끼일 뿐이지만 누구나 인복을 갈망한다.

명리학은 사람에 대한 삶을 신비롭게 풀어내는 학문이다. 엄마의 배 속에서 나와 탯줄을 자르는 순간, 그 순간이 개인의 탄생이 된다. 또한 탯줄을 자르고 이 세상에서의 첫 호흡을 하는 그때 자신의 운명이 결정된다고 본다. 삶의 시작을 알리는 순간인 것이다. 명리학은 이 순간을 매우 중요하게 다룬다. 개인의 출생, 즉 생년월일시로 규정하기 때문이다. 생년월일시를 분석하여 개인의 인생을 분석하고, 미래를 예측하는 것이 명리학의 핵심인데, 우리가 일상에서 말하고 있는 사주팔자(四柱八字)가 바로 명리학이다. 4개의 기둥과 8 글자로 이루어져서 사주팔자라고 칭한다.

명리학은 사람의 운명에서 길함, 흉함, 성격, 적성, 직업, 연애, 결혼, 출산, 가족, 성공 등 폭넓은 범위를 다룬다. 세부적으로 인복의 유무와 정도를 분석하는 것도 명리학의 범주에 속한다. 사람의 인생을 분석하는 명리학적 분석 과정은 그렇게 간단하지 않다. 우리 인생이 마냥 단순하지 않은 것처럼 운명을 분석하는 과정도 매우 복잡하고, 종합적인 과정을 거치면서 분석 결과가 도출된다. 개인별 생년월일시의 기본 사항을 분석하기 위해 사주의 신강·신약·용신·격국·조후 등을 종합적으로 이해하고, 세부적인 운의 흐름을 해석할 수 있어야 한다.

인복에 대한 분석은 명리학의 세부적인 부분으로, 인복은 명리학적 용어로 인성에 해당한다. 인성의 글자 위치, 힘의 크기, 사주팔자에서 어떤 작용을 하는지에 따라서 분석이 달라지고, 이러한 분석을 토대로 인복이 좋은 사람, 인복이 부족한 사람으로 구분하게 된다. 인성이라고 하는 글자가 가진 다양한 작용, 변수, 힘의 크기 등에 따라 삶에서의 인복이 결정되기 때문에 사주의 세밀한 판단과 분석이 반드시 수반되어야 한다.

사실, '인복'이라는 용어는 우리 일상에 밀접하게 스며들어 있다. 이 용어는 사주 상담 시 사용하게 되는 말인데, 일상생활에서도 빈번히 접하곤 한다. 직장 동료나 친구와의 대화에서도 많이 사용된다. 이는 사람이 살아가면서 인복이라는 걸 중요시하고 있음을 방증하는 것이다.

명리학적 분석으로 인복이 타고난 사람은 어떤 특징을 가지고 있을까? 사람들은 왜 입이 닳도록 '인복! 인복!'을 말하는 것일까? 명리학적 이론으로 간단하게 살펴보면 인성은 인복에 해당한다. 인성은 어머니, 문서, 공부, 귀인(인복) 등을 가리키는 것이다. 인복이 좋다는 것은 사주 분석을 통해 인성이 자리한 위치나 작용이 좋다는 의미와 상통한다. 이런 경우 주변 사람의 도움을 받을 수 있고, 어머니의 지지와 응원이 충분할 수 있으며, 좋은 인연을 만나게 되어 정신적이든 물질적이든 도움받을 수 있다는 것을 뜻한다. 부족한 나를 도와주는 그 누구 덕분에 일이 술술 풀리거나, 타인의 도움 덕분에 기대 이상의 결과를 얻을 수도 있고, 자기 능력의 한계치를 뛰어넘는 성공과 부를 이룰 수도 있다. 한마디로 주변 사람 때문에 내가 더 잘된다는 뜻이다. 성공한다는 의미다. 이러한 많은 혜택이 주어지는 것이라면 누구라도 '인복! 인복!'에 대하여 갈망할 수밖에 없다.

인복에 대하여 목마름이 있다는 건 자기 자신에게 주어진 인복에 대하여 흡족하게 생각하지 않는다는 것이다. 인복이 나쁘거나 부족하다고 느끼는 사람들은 하루에도 몇 번씩 간절함이 커지거나 한숨을 쉬어야 한다. 가지지 못한 것에 대한 아쉬움이다.

"내가 담당하는 고객님들은 왜 이렇게 다 까칠하거나 까다로운 거야."

"일은 내가 다 했는데, 칭찬은 다른 사람이 다 듣네."

"어떻게 상사복이 이리도 지지리 없냐구. 기대를 말자."

"누구는 부하 직원이 일 잘해서 승진했다는데, 우리 팀 직원은 왜 이렇게 매번 사고만 치냐고!"

"친구 때문에 크게 성공하고, 큰돈 벌었다잖아."

"도대체 왜 나만 이렇게 인복이 없는 걸까? 주변에서 도와주어도 부족한 판에 오히려 나를 망치려고 작정한 것 같기만 하다. 온 마음을 다 쏟아가며 노력하는 중인데, 노력하면 할수록 점점 더 힘들어지고 있어, 낭떠러지로 떨어질 것만 같아. 누구라도 내 손을 잡아주면 좋겠어."

자기 자신도 모르게 습관이 된 불만의 소리를 입에 달고 살 수 있다. 하루가 한 달처럼 길고 고통스러워 다크서클이 코끝까지 내려오는 것은 기본이고, 순간순간 지구를 떠나고 싶은 마음이 들 때도 있을 것이다. 사람에 대한 간절함, 인복에 대한 원망, 나의 손을 잡아 이끌어줄 귀인에 대한 한탄이 분수처럼 솟구쳐 오를 때도 있다. 잡힐 듯 잡히지 않고, 가진 듯 가지지 못한 사람에 대한 갈망을 허공에 뿌려본다.

'아! 인복이 이렇게 중요한 거였구나!'

명리학에서 인복이 좋은 사람은
인복이 부족한 사람보다 그 누군가에게 받는
혜택이 많다고 본다.

타인에게 덕 보고자 하는
마음인가?

사는 동안 인간관계에서 오는 갈등이나 상처 같은 심리적인 고통은 계속 발생한다. 불편한 순간과 맞닥뜨리면 심호흡을 하고 끓어오르는 화를 꾹꾹 눌러 평정심을 찾으려 안간힘을 쓰지만 '아차' 하는 순간에 만사가 뒤틀리며 욱하는 마음이 터진다. 화가 터지면 쌓여 있던 응어리를 한바탕 쏟아내고 나서야 기분이 차갑게 가라앉는다. 정신을 차리고 나면 욱하는 성질을 또 참지 못하고 화를 터트린 자신이 부끄러워진다. 하루를 잘 살아내려고 안간힘을 쓰지만 심기가 불편한 날에는 이러지도 저러지도 못할 때도 많다. 이런 반복적인 일상을 누구나 겪는다.

화가 증폭될 때는 원인을 제공한 사람에게 쓰나미 같은 원망을 할 때도 있는데, 이런 경우일수록 마음을 주체하기 어렵다. 하늘을 향해 구시렁구시렁 한탄이라도 해야 그나마 흥분이 가라앉는다. 막혔던 숨통이 트인다.

"상사 복이 왜 이렇게 없는 걸까? 언제까지 들볶이며 살아야 하는 걸까!"

""왜 도움이 안 되는 사람들만 다가오는지 모르겠네. 하나부터 열까지 모두 나를 힘들게만 하잖아! 도와주지는 못해도 피해는 주지 말아야 할 것 아냐?"

"안되는 사람은 뭘 해도 안된다고 하더니, 만나도 어쩌면 그렇게 다 이상한 사람들뿐이냐고! 정말 지긋지긋해!"

"바라면 안 되는 것을 알면서도 자꾸 바라는 내가 바보야. 그 사람을 믿으면 안 되는데 또 믿은 내가 미친 거지!"

사람으로 말미암은 실망감이나 좌절을 겪지 않은 사람은 거의 없을 것이다. 현시대를 살아가면서 학연, 지연, 혈연이 때로는 노력이나 능력보다 더 큰 힘으로 간섭한다는 것을 직접 겪어본 이라면 더욱더 좋은 사람에 대하여 간절해지게 마련이다. 필요하지도 않은 분야의 교육 과정을 이수하거나, 업무와 밀접하지도 않은 모임에 가입하거나, 힘 있는 사람들이 모인다는 자리에 매번 도장 찍듯 얼굴 비치는 사람들의 마음속을 들여다보면 비슷한 목적을 가지는 경우가 많다. 그들의 마음 한구석에 '누구 덕 좀 볼 수 있을까?' 하는 기대감도 살짝 자리 잡고 있다. 당연하다. 시간 투자, 노력 투자, 돈 투자를 하는데 뭐라도 얻어 가야 한다.

사회학에서는 인맥관리를 위해 인간관계를 잘하고, 성공학에서는 먼저 적극적으로 다가가 인맥을 만들고, 한 번 만든 인맥을 지속적으로 관리하면 좋은 사람을 만나게 되고, 주변인이 언젠가는 나에게 도움 되는 행운으로 돌아온다고 강조한다. 나 역시 30년 넘도록 성공학적 인맥관리에 중점을 두고 살아왔다. 또한 이런 노력 덕분에 많은 사람과 인연을 맺을 수 있었고, 계속 소통할 수 있었으며, 서로에게 도움을 주고받으며 관계를 지속할 수 있었다. 인복은 타고나는 것이 아니라 개인의 노력 여하에 따라 충분히 달라질 수 있다고 믿었다.

사회학이나 성공학은 자신의 노력으로 인복을 더 좋게 만들고, 좋은 사람과 인연을 맺을 수 있음은 물론이고 노력에 따라서 충분히 보강될 수 있다고 강조한다. 자신이 느끼는 인복에 만족스럽지 않다면 조금 더 노력해야 할 것이라고 조언한다.

인복에 대한 관점에서 명리학은 사회학이나 성공학적 관점보다 냉정하다. 인복이 좋거나 부족한 것은 태어날 때 정해지는 것이라서 긴 세월 사람에게 공들이면 인복이 좋아진다고 강조하지는 않는다. 상식적인 점에서 인간관계를 형성하고 유지하는 것이지, 노력만으로 인복을 만드는 것은 아니라고 말한다. 인복을 위해 얼마나 열심히 노력했느냐에 대한 자기 노력을 개입시켜 분석하는 것이 아니라 글자 그대로의 사주팔자를 분석하여 인복을 언급한다.

사주 상담이 때로는 상처가 될 수 있다. 상담을 통해 자신이 듣고 싶었던 말이 아니라 전혀 예상하지 못한 말을 듣거나 자신이 바라던 현실과 정반대되는 내용을 듣게 되면 사소한 이야기조차 상처가 된다. 오랫동안 죽어라 노력한 사람이라면 힐링되는 상담이 아니라 실망만 얻고 돌아서는 경우도 될 수 있다. 위로, 희망, 안심, 잘된다는 말이 듣고 싶어 상담했지만 반대의 이야기를 듣게 된다면 낙담이 클 수밖에 없다. 현실을 인지하는 기회는 될 수 있지만 심리적인 통증이 생기는 계기가 될 수 있다. 하지만 막연하게 인복이 좋아질 거라고 말하는 것도 좋은 상담은 아니다. 듣는 사람에게 달콤한 이야기만 하는 것을 좋은 상담이라고 말할 수는 없기 때문이다. 때로는 상처받아도 솔직하게 말해야 하고, 당면한 현실을 깨닫고 지혜롭게 어려움을 극복해갈 현실적 대안을 염두에 두며 상담해야 한다. 그래서 상담이 쉽지 않다.

"당신은 인복이 없는 사주예요!"

인복에 대하여 간절함을 가지고 있는 사람에게 상담가의 말 한마디는 충격을 줄 수 있다. 나 역시 명리학을 알기 전에는 그 누구보다 인복에 목마른 순간들이 있었다. 성공학의 강조 덕목 중 열정, 노력, 성실, 도전, 변화 등을 공부하고 실천하고 개선하며 날마다 치열하게 살았다. 목표를 달성하기 위해, 남들보다 조금이나마 더 잘하기 위해, 나 자신의 존재감을 느끼기 위해 성공학의 강조 덕목들을 부지런하게 실천했다.

하지만 세월이 흐른 탓인지, 동양학의 원리를 받아들인 탓인지 잘은 모르겠지만 삶에 대한 가치관에 많은 변화가 생겼다. 성공학에서 강조하는 덕목들과 명리학에서 강조되는 덕목들이 상충하기도 했고, 주변에서 발생하는 일들을 보면서 현실적 기준을 스스로 재정비하기도 했다. 재정비된 사항들 중에는 인복에 관한 내용도 포함되었다. 재정비를 통하여 비우고 내려놓으니 마음이 한결 가벼워졌다.

타고난 인복이 흡족하지 않다고 하여 실망할 필요는 없다. 인생은 절대적이지 않다. 인복이라고 하는 하나의 복(福) 때문에 극단적인 상황이 벌어지는 것도 아니다. 인복에 대하여 더 노력할 것을 권유하기보다는 냉정하지만 스스로가 수긍할 인복에 대한 개념을 조금만 바꿔도 마음이 편안해질 수 있다. 인복 많은 사람이 부러운 이유 중 하나는 타인에게 덕을 보고자 하는 마음 때문이다. 누군가의 덕분으로 더 큰 대가를 얻고자 하는 마음도 포함된다. 이런 마음은 일상의 불만을 증폭시키고 과하면 함께하는 사람을 값으로 매기려고도 한다. 인간관계에서 충분히 부작용을 일으킬 수 있다.

인복에 대한 갈등이 사리사욕으로 자리 잡는다면 타인에게 덕 보고자 하는 마음만 남게 된다. 매 순간 주는 것 없이 받기만 하려는 마음은 반칙이다. 관계의 지속성은 균형이다. 계산기로 두드린 관계가 전부가 아니다. 보이든 보이지 않든 심적 균형이 잡힌 관계 속에서 진짜 내 사람으로 남는 것이다. 명리학에서 말하고자 하는 인복이란 대체 무엇일까, 한 번쯤 생각하게 되는 날이다.

인복보다
돈복이 더 좋다면?

명리학은 균형과 조화를 강조한다. 하나를 얻으면 하나를 잃는 원리가 숨어 있다. 모든 걸 다 가질 수 없다. 음과 양이 있듯, 사람의 삶에서도 음지의 시간과 양지의 시간이 교차한다. 평생 화려한 스포트라이트를 받고 살 것 같았지만 한순간 음지의 삶으로 전락하는 때도 있고, 꽃피는 시절 없이 평생을 고달프게만 살 것 같았지만 한순간에 양지의 삶으로 전환되는 때도 있다. 오르막길이 끝나면 내리막길을 걸어야 하고, 내리막길 끝에 다시 오르막길이 생긴다.

바닥을 치면 오르는 일만 남는다는 말도 명리학적 원리가 담긴 말이다. 나쁜 운이 평생을 지배할 것 같지만 바닥이 끝날 무렵 계절의 흐름에 따라 좋은 운이 온다. 혹독한 겨울 추위 때문에 봄이 오지 않을 것 같지만 봄의 햇살은 차가운 겨울바람을 몰아내고 만다. 아무리 추워도 겨울은 가고 봄이 온다. 아무리 더워도 여름은 가고 가을이 온다. 그래서 명리학은 계절학이다. 누구에게나 내 인생의 봄·여름·가을·겨울이 있다.

질문자: 제 인생은 복이 없는 사주인가 봐요. 평생을 고단하게만 살아야 하는 거예요?
상담가: 당신은 인복이 없어요. 사주가 그래요. 인복이 너무 부족해.

위 상담가의 답변에는 명리학의 진수가 빠졌다. 질문자는 상담가의 말을 듣고 자신의 인생에 대하여 더 한탄스러움을 느끼게 될 것이다. 이런 말을 들으면 누구라도 쉽게 잊을 수 없을 것이다. 누군가는 살아가는 내내 가슴에 새기며 간절함이 더할 때마다 자포자기할 수 있다. 참 위험한 말이다.

"뭘 기대한 거야? 나는 태어날 때부터 잘못되었던 거야."

명리학의 진수는 사람의 인생에서 균형을 찾게 하는 것이다. 절망으로 치닫게 만드는 것이 아니라 멀리서 보이는 한 줄기 빛이라도 부여잡는다면 희망의 씨앗이 싹틀 수 있음을 알려주는 학문이다. 맹

목적으로 희망 고문을 하는 것이 아니라 사계절의 순환 속에서 자신만의 적절한 좋은 때가 언제쯤인지 알아야 하고, 그 좋은 때를 맞이하기 위해서 준비하는 과정이 필요하다는 것을 일깨운다.

사주팔자는 개인적인 편차가 있다. 당연하다. 사람마다 생년월일시가 다르니 살아가는 모습도 다른 것이다. 성격유형으로 알려진 MBTI는 그 유형을 16가지로 구분하여 특성을 설명한다. 사주명리학은 남자만으로 분류하면 그 유형이 518,400가지다. 여자만으로 분류해도 518,400가지다. 사례 분류 자체가 MBTI, DISC 행동유형, 에니어그램 같은 학문과 비교되지 않을 정도로 그 경우의 수가 많다. 사람의 인생을 다루는 학문이니 단순하지 않고 복잡한 것은 당연한 이치다.

다양한 사례 분류 속에서 인복에 대한 해석도 다양해진다. 개인의 사주팔자에서 인복에 해당하는 '인성'의 글자가 존재하는 경우, 존재하지 않는 경우, 지장 간에 숨어 있는 경우, 과도하게 많은 경우, 있어도 없는 것처럼 힘이 없는 경우, 완전하게 위치한 경우, 깨져 있는 경우 등으로 말미암아 글자 해석이 달라질 수 있다. 그 역할이 달라질 수 있다. 좋고 나쁨이 달라질 수 있다. '인성'이라는 글자를 분석하는데도 그야말로 변수가 많이 생긴다.

"왜 남들 다 있는 글자가 나만 없는 거예요? 평생 인복 없이 살아야 하는 거죠? 오늘따라 내가 너무 불쌍해요."

실망할 필요 없다. 남들 다 있는 '인성'이라는 글자가 나만 없다고 화낼 필요도 없다. 결핍으로 응어리질 필요는 더욱 없다. 명리학적 원리에 의하면 사주팔자의 구조에서 인성이라고 하는 글자가 없다면 분명히 다른 글자로 채워지기 때문이다. 개인의 사주 구조에서 인성처럼 중요시하는 글자는 식상(재능), 재성(돈), 관성(직장)이 있다.

즉, 인복이 부족하거나 없는 경우 식상의 글자로 대체된다면 자신의 분야에서 재능이 뛰어나 전문가로 인정받을 수 있고, 재성의 글자로 대체된다면 돈에 대한 감각이 좋아서 돈을 버는 능력과 수완이 탁월하여 부자가 될 수 있고, 관성의 글자로 대체된다면 취업이나 승진이 잘되고 직장이 탄탄하면서 명예를 누릴 수 있다. 한마디로 타고난 인복은 부족할지 모르지만 사회적으로 크게 성공할 수 있고, 부자가 될 수 있고, 전문가로 능력을 인정받을 수 있다는 뜻이다.

"아쉽지만 당신은 인복이 부족한 사주입니다. 그러나 당신의 힘으로 충분히 재능을 살려 전문가로 인정받을 수 있고, 재능을 기반으로 원하는 만큼의 재력을 충분히 얻을 수 있습니다. 다른 사람 덕보려고 하지 말고 자신의 능력을 키우는 것에 집중하면 충분히 성공할 수 있는 사주입니다."

타고난 인복은 부족하지만 돈복이 좋은 사주라는 말을 듣게 된다면 어떤가? 자신도 모르게 만족스러운 웃음이 터져 나올 것이다. 인복에만 매달리며 아쉬워하던 마음은 홀연히 사라지고 언제쯤 돈복이 좋은지에 대한 궁금증만 남을 것이다. 돈복이 좋다는 한마디 말이 큰 위로가 되는 것이다.

"맞아요. 타고난 인복은 조금 부족해도 돈복이 아주 좋습니다. 인복도 중요하지만, 돈복이 더 중요한 시대잖아요."

인복은 부족하지만 능력이 좋은 사주라는 말을 듣는다면 어떤가?
자신에게 주어지지 않은 것에만 매달릴 게 아니라,
자신에게 주어진 걸 충분히 활용하는 것도 중요하다.

인성운, 제대로
활용하는 법

사주 상담은 점을 치는 것이 아니다. 다양한 질문에 '예', '아니오'로 단정하는 것이 곤란한 경우도 허다하다. 질문자의 궁금한 사항에 매번 100% 답변하는 것도, 정답을 맞히는 것도 불가능하다. 사실 100%라는 것은 현실적으로 안 맞는다. 사람 인생이 수학 공식처럼 딱딱 맞는 것도 아니고, 개개인의 삶이 명리학에 꼭 들어맞게 살아지는 것도 아니다.

똑같은 생년월일시를 가지고 있어도 전혀 다르게 사는 사람도 많다. 사주와 정반대로 살아가는 사람도 있고, 타고난 사주는 좋지만 현실에서는 좋지 않은 생활을 영위하는 사람도 있다. 3000년 이상의 역사를 가진 명리학이지만 현대적인 통계학을 들이대며 대중화한 것은 100년이 넘지 않았다. 아직도 검증해가야 하는 부분이 많고, 세부적으로 사람의 인생에 접목하여 발전시켜야 하는 부분도 많이 남았다는 이야기다.

명리학을 대하는 태도가 점괘만을 기다리듯 수동적인 태도에서 코칭이나 카운셀링을 대하는 것처럼 능동적인 태도로 바뀌면 좋겠다고 생각한다. 이러한 생각 때문인지 나는 사주 상담을 할 때 명리학에 대한 진실과 오해에 대해 간단히 설명하고, 사안에 따라 스스로 어떤 선택을 하고 싶은지를 물어본다. 이러한 과정을 거치는 이유는 사주 분석을 절대적으로 의지하여 매사 자기 선택이 아닌 사주에 의한 선택과 결정으로 살아가지 않기를 바라기 때문이다.

한 해의 사건 사고, 조심해야 할 부분에 대한 경각심을 가지는 것, 흉한 일은 피하고 순탄하게 살아가고자 하는 것은 사주 상담을 효과적으로 활용하는 방법이다. 그러나 자기 생각과는 무관하게 모든 일을 사주에 물어보고, 결정하며, 신뢰를 넘어 맹신하며 살아가는 것은 옳지 않다. 그래서 사주 상담에서도 정도가 필요하다.

인복에 대한 선입견이나 오해, 단편적이고 모로 치우친 해석에 대해서도 다시 생각해볼 필요가 있다. 통상 인복이라고 하는 것은 명리학 용어인 '인성'에 대한 부분적 해석인데 많은 사람은 그 의미를 알지 못한다. 명리학을 연구하는 명리학자나 사주 상담가가 아니라면 쉽게 접할 수 있는 분야가 아니기 때문이다. 사주 상담을 받는 것은 대중적이지만 명리학에 대한 학문적 이론은 매우 특수하고, 전문적인 영역이기 때문에 일반인들에게는 낯선 내용으로 느껴질 수 있다.

명리학 용어인 '인성'은 두 가지로 분류된다. 바로 정인과 편인을 가리키는 것이다. 정인은 나를 뜻하는 일간의 글자를 도와주는 음양이 다른 글자다. 정인이 의미하는 것은 엄마, 정규적인 교육 과정, 귀인, 인복, 나에게 도움을 주는 사람, 공부, 문서, 도장을 가리킨다. 분야를 확장하여 해석할 때는 도덕, 양심, 교양, 인내심, 포용력 등으로 해석할 수 있다.

편인은 나를 뜻하는 일간의 글자를 도와주는 음양이 같은 글자다. 편인이 의미하는 것은 새엄마, 엄마를 미워하는 마음, 밥그릇을 엎는 것, 공부, 문서 등을 가리킨다. 분야를 확장하여 해석할 때는 특수한 분야의 공부, 전문성, 비정규적인 교육, 전문 자격증, 임기응변, 번뜩이는 두뇌 회전 등으로 해석할 수 있다.

인성은 단지 '인복'만을 의미하는 것이 아니라 폭넓은 뜻을 가지고 있고, 이러한 폭넓은 뜻은 사주 분석에서 다양한 해석으로 활용된다. 한 번 더 강조하자면 인성이 인복만을 가리키는 것은 절대 아니다.

명리학을 공부하거나 상담받는 이유 중 하나는 자신의 타고난 재능이나 적성을 효과적으로 활용하기 위해서이다. 나 자신에 관하여 알고 싶을 때, 내가 무엇을 잘하는지 잘 모를 때, 앞으로 무엇을 하며 살아야 할지 고민될 때 사주 상담을 하면 조금이나마 도움을 받을 수 있다. 또한 사주 분석을 통해 인성운이 좋거나, 인성운이 왔을 때 제대로 활용하는 방법을 고민하는 것은 그야말로 고급스러운 고민이다.

타고난 복을 제대로 활용하는 방법을 고민하는 것은 누구에게나 중요하다. 인복이 아무리 좋다고 한들 상대방에게서 받는 혜택에는 한계가 있다. 타고난 인성이나 인성운을 제대로 활용하는 방법에 대하여 내가 정리한 것을 몇 가지 소개하고자 한다.

첫째, 미루었던 공부를 하는 것이다. 인성운은 자기 스스로 학업에 대한 관심이 커지고, 자기계발에 관심을 갖는 시기다. 따라서 시간이 없거나 마음의 여유가 없어서 시작하지 못했던 자격증, 전문성을 향상시키는 교육 과정을 이수하는 것도 좋다. 이때는 공부 열망이 커지기 때문에 고민만 하는 것보다는 일상에서 뭐라도 실천할 것을 제안한다. 공부가 아니라 취미, 운동, 기술을 배우는 것도 추천한다. 이러한 시작이 마음에서 우러나오는 것이라면 더욱 좋다.

둘째, 엄마와 관련된 사항도 효과적일 수 있다. 분주한 직장생활로 부모님과 많은 시간을 갖기 어려웠다면 함께 외식하고 차를 마시며 대화의 시간을 자주 갖는 것도 좋다. 시간 여유가 된다면 부모님과 여행하거나 야외로 나가 기분을 전환하며 서로에 대한 일상을 공유하는 것도 좋다.

셋째, 인성운을 제대로 활용하기 위해 돈관리나 재테크 관련 사항을 접목하는 것도 있다. 일반적으로 인성은 현금보다 문서 또는 부동산으로 해석한다. 문서운이 있다는 말은 현금을 교환하여 주택(집), 건물, 땅 등을 취득하는 것을 뜻한다. 통상 문서운이 왔다는 것은 현금을 지급하여 무엇인가를 취득하고 사인한다는 것을 의미한다. 따라서 돈, 재테크, 부동산, 토지, 상가, 건물, 경매, 급매 등에 관심을 갖고 이러한 분야를 공부하는 것도 좋다.

넷째, 다양한 사람과 마음을 열고 적극적으로 교류하는 것이다. 이것이 인복으로 쓰는 인성운이다. 인간관계는 평상시에도 꾸준히 관리하는 것이 맞다. 그럼에도 명리학적 흐름 속에서 좋은 인연을 더 좋은 관계로 발전시키기 위한 적절한 시기를 뽑으라면 인성운이라고 말할 수 있다. 타인에 대한 의심, 원망, 불신 등으로 점철된 시간을 보낸 사람이라면 마음을 열고 소통한다는 것이 그렇게 쉽지만은 않다. 보통 사람보다 몇 배의 긴 시간을 필요로 하는 이도 있다. 그렇기에 좋은 시기가 왔을 때 적극적으로 관계를 시작하는 것도 효과적인 방법이다. 좋은 인성운에는 스치는 사람까지도 나에게 좋은 인연이 된다는 말이 있기 때문이다.

명리학에서는 결혼 적령기를 한정하지 않는다.
20대나 30대가 결혼 적령기라는 표현은 옳지 않다.

연애도, 결혼도 아직
때가 되지 않았을 뿐!

시대가 변하면서 결혼해야 한다는 의무감이 다소 가벼워졌다. 여성의 사회적 참여가 증가하면서 결혼하고 출산해도 직장생활을 유지하는 것은 너무나 일반화되었다. 이러한 변화는 여성들의 결혼관에 많은 영향을 미쳤다. 25세 전후가 되면 결혼해야 하던 시대도 있었지만 결혼 적령기는 현실의 흐름과 함께 조금씩 뒤로 밀려나고 있다. 30세, 35세가 넘어서야 결혼을 고민하고, 40세가 훌쩍 넘어도 결혼을 서두르지 않는 경우도 주변에서 흔히 볼 수 있다.

결혼보다 일을 선택하거나 결혼을 포기하고 자신의 삶을 알차게 살아가는 것을 선택하는 여성도 증가했다. 결혼을 못 하는 것이 아니라 안 하는 것이다. 결혼을 하든 안 하든 관계없이 현시대를 살아가는 여성들 중 자신이 나가야 할 방향성을 결정하고, 그 방향성 안에서 일상에 최선을 다하며 인생을 즐기는 사람이 많아지고 있다.

물론 예외도 있다. 시대적 흐름과 상관없이 결혼이 인생의 전부인 것처럼 죽기 살기로 결혼하려고 안간힘을 쓰는 사람도 있다. 나쁘다고 말할 수는 없다. 각자의 삶을 살아가는 것이기 때문에 선택은 자신의 몫일 뿐이다. 한국 사회의 치열한 경쟁 구조 속에서 생존에 대한 도피처로 결혼을 선택하는 사람도 있고, 2세에 대한 열망으로 결혼을 서두르는 사람도 있고, 현모양처가 되는 것이 목표인 사람도 있다.

결혼을 고민하는 사람은 그래도 행복하다. 결혼은 연애라는 시간을 거쳐 결실을 맺고 싶은 결과이기 때문이다. 또한 달콤한 연애의 감정을 충분히 느끼고, 이 사람과 평생을 함께하겠다는 확신이 서야 공표할 수 있는 일이다. 결혼에 대한 선택과 과정은 쉽지 않지만 감격스러운 일이다.

연애에 대한 감정과 고민은 결혼보다 다소 가볍다. 이성에 대한 관심으로 만남이 시작되고, 만남의 지속성은 서로에 대한 좋은 감정으로 발전한다. 연애 감정은 설렘의 최대치를 느끼게 해주는 과정이다. 설레는 감정은 기쁨이나 행복감을 확산시키는 것은 물론 일상생활을 활력 있게 만든다. 기분이 들뜨고, 얼굴에 웃음이 가득 차고, 직장생활에 활력이 생기고, 수시로 콧노래를 부르게 만든다. 이러한 좋은 감정은 연애의 긍정적인 작용이다. 병원에서 처방하는 그 어떤 약도 만들 수 없는 신비로운 효과를 가진 명약이다.

물론 이렇게 좋은 연애만 있는 것은 아니다. 시작은 좋았으나 시간이 지날수록 집착이 생기고, 갈등으로 말미암아 싸움과 화해가 반복되고, 작은 습관의 차이에서도 마찰이 불거지고, 안 보면 그립고 만나면 다투기만 하다가 지쳐서 헤어지는 연애도 있다. 사람과 사람이 만나 관계를 맺고 시간의 역사를 만들어간다는 면에서 연애도 쉽지 않다. 힘든 연애를 반복할수록 천당과 지옥은 인간관계에서 시작된다는 사실을 뼈저리게 깨닫는다.

명리학은 연애와 결혼에 대하여 어떠한 관점으로 접근할까? 거듭되는 갈등과 고민, 심리적 고통에서 벗어나고자 사람들은 사주 상담을 활용하고 있다. 사주 상담으로 고민을 덜어낼 수 있고, 힘들었던 마음을 추스르는 데 부분적으로 도움 된다. 거듭되는 갈등이나 고민의 원인을 자기 자신도 알고 있지만 상담가가 되짚어주면 객관적인 시선으로 자기 모습을 바라보게 된다. 결국 주변 사람의 충고나 잔소리를 통해 개선하고자 하는 것이 아닌, 스스로 깨닫고 개선하려는 용기를 갖게 하는 것이다. 이러한 상담 기법은 사주 상담이 가진 훌륭한 장점 중 하나다.

"남자 보는 눈이 너무 높아서 만날 사람이 없지!"
"완벽한 사람을 찾으니까 연애하기 어려울 거야."
"외모, 학력, 직업, 집안까지 다 좋은 사람이 어디 있어?"
"너무 까다롭게 사람을 고르면 마음에 꼭 드는 사람이 있겠어?"

명리학에서는 사회적 결혼 나이가 그렇게 중요하지 않다. 개개인에게 주어진 운의 흐름이 다르기 때문이다. 20대, 30대는 마음만 먹으면 연애를 바로 시작할 수 있는 나이라고 생각하기 쉽지만 큰 오산이다. 한창 이성을 사귀고 연애와 결혼에 대해 열린 마음을 갖는 시기인 것은 사실이지만, 모든 사람에게 연애가 열려 있는 것은 아니다.

애타게 연애하고 싶지만, 평생 단 한 번도 제대로 된 연애를 해본 적 없는 사람도 있다. 또 어쩌다 연애를 시작했지만, 덜컥 임신하면서 바로 부모가 된 경우도 있다. 뭔가 문제가 있는 것도 아닌데 딱히 연애하고 싶은 마음이 들지 않아서 40대까지 어영부영 시간을 낭비하다 50대가 되어서야 연애하고 싶은 마음이 솟구쳐 안절부절못하는 사람도 있다. 이는 우리 주변의 이야기이기도 하고, 혹은 내 이야기가 되기도 한다.

연애나 결혼을 애타게 기다리는 사람에게 명리학은 말한다. 눈이 높아서 결혼할 시기를 놓친 것이 아니다. 까다롭게 상대방을 고르니 연애할 사람이 없는 것이 아니다. 성격이 까칠해서 아무도 곁에 없는 것이 아니다. 나를 위한 연애의 때가 오지 않았고, 결혼의 때가 되지 않았을 뿐이라고 말한다.

"다만, 아직 때가 되지 않았을 뿐이에요."

나 자신이 뭔가 부족해서 결혼을 못 한 것이라고 좌절했던 사람에게, 성격이 까다로워 연애도 못 하는 것이라고 절망했던 사람에게 명리학은 힐링이 된다. 음양오행의 흐름과 계절학의 원리에 따라 아직 좋은 시기가 오지 않아서 못 한 것뿐이라는 말에 사주 상담을 받는 이들은 안도의 숨을 크게 내쉰다. 불안하고 힘들었던 그동안의 감정이 한꺼번에 올라와 참아왔던 눈물을 왈칵 쏟는 이들도 있다. 연신 눈물을 훔치고 있지만 살짝 미소가 번진다.

"걱정하지 말아요. 좋은 때가 이제 와요. 좋은 사람 생길 거예요."

당신은 뭔가 부족해서 결혼을 못 한 것이 아니다.
음양오행의 흐름과 계절학의 원리에 따라
아직 좋은 시기가 오지 않았을 뿐이다.

여자에게
타고난 관운복이란?

이성 때문에 고민이 생기면 문제가 해결되기 전까지 끝도 없는 고민, 자책, 후회, 반성, 억울함, 복수, 화해, 이별 등의 감정에서 벗어나는 것이 쉽지 않다. 한마디로 제정신이 아닌 상태가 된다. 먹는 것도, 일하는 것도, 미래에 대한 희망도, 순간순간 살아가는 것도 아무런 의미가 없다고 느껴질 때도 있다. 당장 눈앞에 닥친 고민에서 벗어나고 싶은 마음만 간절하다.

누구나 이런 감정에 한 번쯤 휘둘린다. 이런 감정이 치달아 낭떠러지로 떨어지기 전에 무슨 수라도 써야 몸도 마음도 지킬 수 있다. 자기 스스로 돌파구를 찾거나, 자기 노력이 아무런 소용이 없다면 타인에게 도움을 청해서라도 제정신을 차려야 한다. 순간의 잘못된 선택으로 평생을 후회하며 살 순 없는 노릇이다.

인복에 대한 간절한 마음과 마찬가지로 사람들은 이성(애인, 배우자)에 대한 기대감도 크다. 괜찮은 사람이 나의 배우자가 된다면 당연히 좋은 점이 많다. 능력 있고, 매력 있고, 재력 있고, 지적이고, 잘생겼는데 누가 마다할까? 남자복 타고났다는 말을 들으면 누구나 좋아한다. 멋진 애인이나 배우자를 만나고 싶은 마음을 말로 다 표현하지 않을 뿐이지만 누구나 마음속 깊은 곳에 품고 있는 바람 중 하나다.

명리학에서 이성운은 남자와 여자에게 서로 다른 방식으로 분석된다. 남자의 경우 이성운을 분석하려면 재성부터 분석해야 한다. 재성은 돈, 아버지, 이성(여자 친구, 아내)에 해당한다. 여자의 경우 이성운은 관성을 분석해야 하는데, 관성은 직장, 이성(남자 친구, 남편)에 해당한다. 사주팔자의 구조에 따라 남자와 여자의 분석 방법이 약간씩 다르게 적용되는 경우가 있는데 대표적으로 이성운을 분석할 때 남자인지, 여자인지에 따라 해석 내용이 바뀌게 된다.

여자에게 관운복은 무엇을 의미하는 것일까? 여자에게 관성이라고 하는 건 앞서 언급한 것처럼 직장과 이성을 의미한다. 특히 배우자에 대한 해석으로 비중이 높다. 그렇기에 여자의 사주 분석에서 관성에 대한 중요성이 부각되기도 한다.

관성은 정관과 편관으로 구분된다. 정관은 나를 통제하고, 예의를 갖추게 하며, 정식적인 소속이고, 인내심을 갖게 하고, 지속성을 유지하며, 규율을 지키게 하는 것이다. 편관은 정관보다 통제의 힘이 강한 것이고, 카리스마, 엄격한 것, 권력의 위력을 나타낸다.

여자의 사주에서 관성을 분석할 때는 '관성'의 글자가 자리한 위치, 힘의 크기, 글자 수, 합과 충 등의 종합적 판단에 따라 해석이 달라질 수 있다. 정관이든 편관이든 사주의 구조에서 어떤 작용을 하느냐에 따라 좋은 것이 될 수도 있고, 나쁜 것이 될 수도 있다. 따라서 사주에 관성이라는 글자가 있다고 하여 좋은 직장에 다니는 여자라고 판단하거나, 남편복이 좋은 여자라고 단식 판단을 하게 되면 잘못된 해석이 될 수 있다. 또한 '관성'이 없다고 하여 평생 결혼도 못 하고 혼자 살 팔자라고 말하는 것은 잘못된 해석이 된다.

여자의 사주에서 관성은 나의 자유분방함을 통제하는 것, 규율, 제도, 관습, 질서를 의미하기에 일상생활에서 이러한 특성이 나타난다. 준법정신이 있고, 누가 보든 안 보든 언제 어디서나 정해진 원칙을 잘 지키며, 일상을 착실하고 성실하게 보내고, 자기 일에 지속적으로 노력한다. 일상을 안정적인 심리상태로 유지하고, 매사 공평해지고자 하며, 책임감을 가지고 맡은 일에 최선을 다하는 특성으로 표출된다. 합리적이고, 이성적이고, 안정감 속에서 삶을 영위하고자 하는 장점을 가지고 있다.

여자의 사주에서 관성의 특성은 연애와 결혼에서도 도드라져 보인다. 원만한 연애를 선호하고, 남성의 직업으로는 안정성을 기반으로 하는 직장을 선호하게 된다. 또한 이성과의 소통에서도 성급하지 않고, 감정적이지 않고, 즉흥적이지 않다. 상호 신뢰와 배려를 추구하는 성향 때문에 빠르게 가까워지는 관계보다 조금 더디더라도 차곡차곡 신뢰를 쌓으며 다가가는 관계성을 좋아한다.

여자의 사주에서 관성이 좋은 작용을 하는 경우에는 남자 친구 또는 남편의 직업적 특성이 뚜렷하다. 안정적인 기업의 근무자이거나 성실성을 요구하는 직장에 근무할 가능성이 크다. 공무원, 관공서, 국가기관의 협력사, 유행을 타지 않는 상품을 생산하는 기업, 법적 규율에 보호받거나 통제되는 기관, 역사가 오래된 기업 등이 대표적이다.

특히, 남자 친구나 남편의 직업적 특성만 안정적인 것이 아니라 자기 자신 또한 직업적 특성을 추구하게 된다. 관성이 좋은 작용을 하는 사주를 가진 여자는 상담하면서 직업이나 연애, 결혼과 관련하여 상담가에게 좋은 이야기를 종종 들을 수 있다.

"직장운이 아주 좋아요. 공무원을 하면 딱 좋은데."
"남편복이 엄청 좋은 사주예요. 남편이 안정적인 직장에 잘 다니죠?"
"명예운이 좋습니다. 주변 사람들한테 존중받는 사람이 될 수 있어요."
"취업운도 좋고, 승진도 잘되는 사주예요."

명리학적 관점에서 분석해보면 아무나 공무원이 되는 것은 아니다. 혁신과 변화를 추구하고, 직장 선택 시 높은 연봉을 최우선으로 생각하는 사람이라면 우수한 성적으로 공무원 시험에 합격해도 오래 다니지 못한다. 적성에 맞지 않아서, 직급체계가 숨 막혀서, 자기 사업을 하고 싶어서 등의 사유로 사표를 쓸 수 있다. 요컨대 사주 구조에서 관성의 역할이 좋은 작용을 하거나 좋은 위치에 있을 때 공직자로서 적합하다고 본다.

명리학적 관점에서 직업적 특성은 현실을 반영한다. 직장을 의미하는 관성은 직장인으로서 성향을 갖추었다는 것을 의미한다. 조직의 팀원과 협력하고, 성실하게 업무를 수행하며 체계적인 시스템을 중요하게 생각하고, 상·하급자와 관계를 적절하게 유지하고, 변화와 혁신을 추구하는 것도 좋지만 안정적으로 유지해 나아가는 것에 더

타고난 정관의 복은 좋은 운세를 만날 때 빛이 나는데,
그야말로 승승장구하는 주인공이 될 수 있다.

큰 비중을 둔다. 관성이 좋은 작용을 하는 사주는 직업 변동수가 별로 없다. 입사한 회사에서 오랫동안 근무하고자 하는 마음을 갖는다.

여자 사주에서 관성의 특성으로 말미암아 연애나 결혼에서도 무난하다는 표현을 하게 된다. 주변 사람들이 바라볼 때 '참 재미없는 데이트'만 하는 것처럼 보인다. 뜨겁게 불타는 사랑을 하는 것도 아니고, 신나고 화끈하게 노는 것 같지도 않다. 연애하는 모습이 조금은 답답하게 보일 수 있다. 하지만 정작 본인들은 연애와 데이트에 매우 만족스러워한다. 과감한 이벤트는 없지만 서서히 알아가는 과정을 즐기고, 한 발짝 다가서는 관계성에 설렌다. 기초공사를 탄탄히 하고 집을 짓는 것처럼 연애와 결혼에서도 관계적 기초공사를 탄탄하게 만드는 특성을 가진다.

관성으로 말미암아 생기는 단점도 있다. 융통성이 부족해서 때로는 꽉 막힌 사람 같고, 여유가 길어지면 게으름으로 평가되고, 신중한 것은 좋지만 빠르게 선택해야 하는 순간에 시간을 지체하면 우유부단한 사람으로 인식될 소지가 있다. 또한 안정성을 추구하는 면도 좋지만 변화를 거부하는 사람으로 오해받을 수 있다. 이러한 점들은 다만 명리학적 이론을 기반으로 하는 해석이기에 일상생활에서 자신의 특성을 인식하고 개선하려 노력한다면 충분히 조율이 가능한 부분이다.

명리학은 매력적인 학문이다. 오묘하고 신비로운 학문이면서 자기 자신을 들여다보게 만드는 묘한 힘을 가지고 있다. 또한 보이는 게 전부가 아니며, 보이지 않는다고 하여 무시할 수 있는 것이 아님을 음양오행의 원리로 깨닫게 해준다. 사람의 인생을 다루는 학문이라 신비롭고, 개인의 성격과 특성까지 세밀하게 분석할 수 있다는 것 자체가 경이로울 뿐이다.

남자에게 타고난
관운복이란?

직장은 하루에 8시간 이상을 머물며 다양한 사람과 관계를 형성하고 일을 도모하면서 생산성을 높이는 곳이다. 그렇다 보니 희로애락(喜怒哀樂)의 종합선물 세트처럼 다양한 사건 사고가 발생한다. 자의든 타이든 환경적인 요소로 말미암아 하루에도 심리적 갈등이나 변화를 수시로 겪을 수 있다.

특히 직장생활을 시작한 신입사원이라면 업무적으로 적응하는 것조차 힘에 부칠 수 있는데, 인간관계까지 꼬이게 되면 매 순간 고달파진다. 이런 고달픔이 연속된다면 높은 연봉을 받는다고 해도, 장래성이 높고 비전이 있다고 해도, 복지혜택이 충분하게 제공된다고 해도 사직에 대한 고민에서 벗어날 수 없다.

좁은 취업문을 뚫고 힘들게 입사했지만 오래 버티지 못하고 결국 이직을 하게 된다면 많은 생각에 휩싸이게 된다. 자기 스스로 직장생활이 잘 맞는 성향인지 아닌지, 직장생활을 계속해야 할지, 바로 사업을 시작해야 할지 고민한다. 이러한 고민은 학업을 마치고 사회에 진출하는 사람들이 직면하는 고민 중 하나이고, 직장생활을 하고 있지만 지금의 자리에서 어떠한 이유가 되었던 변화를 꿈꾸는 사람들에게 해당되는 고민이 될 것이다.

　　남자에게 관운복이란 무엇을 가리키는 것인가? 남자에게 관운복이란 직업과 직장, 명예, 자녀(아들, 딸)를 가리킨다. 왕성하게 일을 영위하는 연령대에서는 관운복을 분석할 때 비중을 크게 두고 중점적으로 분석하는 것이 일과 관련된 부분이다. 진로와 적성, 취업, 승진, 이직, 명예 등이 여기에 해당한다. 남자 사주에서 자녀에 관련된 부분도 관성으로 분석하는데, 통상 자녀와 관련된 사항은 아버지의 관심사가 되기보다는 어머니의 주된 관심사가 되는 경향이 강하다.

　　남자의 사주에서 관성이 좋은 작용을 하는 경우와 여자의 사주에서 관성이 좋은 작용을 하는 경우는 같은 것으로 해석한다. 남자에게나 여자에게나 직장생활의 모습은 비슷한 부분이 많기 때문이다.

　　관운복을 궁금해하고, 이를 더 자세하게 알고자 하는 것은 평생 살아가면서 직업이 차지하는 비중이 크기 때문이다. 온종일 업무에 매달리며 살아가는 것이 우리의 일상이니 직업과 적성이 얼마나 중요한지 두말할 필요가 없다.

관운에 관심을 기울이는 것은 자신에게 적합한 직업을 분별하고, 타고난 재능을 제대로 쓰고자 함이다. 잠재력은 있지만 자신의 선택에 확신이 서지 않거나, 자신감은 있지만 혹시 자기 자신이 더 잘할 수 있는 분야가 또 있지 않을까 하는 마음이 생기는 경우다. 이러한 경우는 단순한 질문에서 벗어나 깊이 있는 사주 상담이 필요하고, 사주 분석을 할 때 세밀함이 요구된다.

"이번에 승진 못 하면 사직하고 창업을 하고 싶어요."
"지금 하는 일보다 더 잘 할 수 있는 일이 있다면 분야를 바꿔보고 싶어요."
"저는 어떤 재능을 타고났을까요? 월등하게 잘하는 것이 있을까요?"

어떤 일을 해야 재능 발휘를 잘할 수 있을지, 일을 시작하면서 다른 일에 곁눈질하지 않고 내 일에만 몰두할 수 있을지, 지금 하는 일이 나에게 최적의 일이 될지, 직무를 잘 선택한 것인지 아니면 잘못 선택한 것인지 고민을 거듭하고 이리저리 생각해봐도 확신이 서지 않아 괴로울 때 사주 상담으로 어느 정도 도움을 받을 수 있다.

물론 명리학이 정답을 알려주는 것은 아니다. 다만 선택의 폭을 좁혀주고, 사주팔자의 분석을 통해 자기 자신에게 타고난 재능이 어떤 것들이 있으며, 어떠한 직업적 방향을 추구해야 자신에게 도움이 되는지 정도의 도움을 받을 수 있다.

남자 사주에서 관운복이 좋은 경우는 여자 사주의 관운복과 같다. 다만 추가로 분석되는 것이 자녀에 대한 부분이다. 관성이 좋은 작용을 하는 경우는 자녀와의 관계가 원만하고, 자녀의 성장과 교육에 자연스럽게 관심을 갖는다. 또한 자녀가 우수한 성적으로 학창 시절을 보내거나, 좋은 대학에 입학하거나, 사회적으로 탄탄한 기업에 취업하여 자랑스럽게 느껴지는 것도 관운복에 관련된 것이다. 자녀가 성장하여 크게 성공하고 부모에게 효도하는 것도, 자녀 덕분에 경사스러운 일이 생기는 것도 넓은 범위에서 관운복에 해당이 된다.

남자에게 관운복은 여자보다 작용이 클 수 있다. 아직 우리 사회는 조직을 움직이는 핵심적 위치나 직책을 여자보다 남자가 더 많이 차지하고 있다. 권력을 휘두르는 역할이나 직위에 대한 갈망과 참여가 남자가 더 적극적이기 때문이다. 향후 여자들도 권력이나 힘의 세력을 원할지 모르겠다. 하지만 지금까지의 현상으로 볼 때 남자는 여자보다 권력, 힘, 세력 등을 추구하는 경향이 강하고, 이러한 원리에 의하여 남자에게서 관운복이 더 크게 작용하는 것으로 본다.

관운복, 제대로
활용하는 법

시대가 급변하면서 직업이 갖는 의미와 가치는 그 어느 때보다 중요해졌다. 입사 후 퇴사할 때까지 정년퇴직하는 것을 꿈꾸던 시대도 있었지만, 지금의 시대는 직장의 의미보다 직업의 의미가 훨씬 더 중요해졌다. 산업과 직무에 따라 다소 차이가 있지만 곳곳의 직무에서 프리랜서, 아웃소싱, 프로젝트 단기계약 등의 형태로 고용환경도 다양해지고 있다. 장소에 얽매여 일하던 스타일에서 벗어나 자유로움과 여유 속에서 일이 진행되는 분야도 늘어났다. 코로나19 사태로 재택근무나 비대면 업무가 급격하게 증가한 것도 빼놓을 수 없다. 스마트폰 하나로 업무를 진행할 수 있도록 효율적인 앱이 다양하게 개발되고 있다.

이런 변화는 기성세대에게는 다소 부담스러운데, 발맞추어 적응하자니 스트레스가 된다. 하지만 이제 막 사회에 첫발을 내딛는 20대에게는 기회가 된다. 미래를 겨냥한 새로운 영역의 업무가 개발되고, IT·빅데이터·가상현실·증강현실을 기반으로 한 혁신적 직업들이 생겨나고 있기 때문이다. 복잡하고 다변적인 직업의 세계로 전환되고 있는 건 그야말로 시대적 흐름에 맞는 요구일 것이다.

직무가 변한다고 직무에서 받는 스트레스가 없어지는 것은 아니다. 새로운 일을 만들어내고 낯선 업무를 추진해가는 과정은 직무에 대한 변화일 뿐이지, 직무 때문에 발생하는 스트레스에서의 해방을 의미하는 것은 아니다. 어쩌면 충실하게 일하는 동안 낯선 업무로부터 받는 힘든 자극은 한층 더 커질지도 모른다. 높아가는 연봉만큼 불안한 감정은 더 커지고 있다.

직업에 대한 고민으로 길을 헤맬 때도 많다. 나 역시 직업에 관한 고민을 끊임없이 하며 살았다. 일에 집중하면서도 직업에 대한 확신을 갖지 못해 고민했고, 위기가 닥치거나 한계에 다다르면 전직이나 이직 고민으로 밤잠을 설쳤다. 이 직업이 나에게 최선의 직업인지, 아니면 다른 더 좋은 직업이 있는 것인지에 대하여 뚜렷한 해답을 얻고 싶었지만 그 누구도 명쾌한 답변을 줄 수 없었다. 당연하다. 내 문제에 대해 타인이 어떻게 명쾌한 답을 줄 수 있겠는가. 직업상 이런저런 고민을 말끔하게 털어내지 못하면서 위기를 넘기고, 또 넘기며 지금까지 온 것 같다.

직업과 일에 대한 고민을 확실하게 "이것이 정답입니다"라고 해결책을 제시할 수는 없다. 그 이유는 각자의 생각으로 삶을 영위하고, 자기 요구에 의하여 직업을 선택하며 살아가기를 원하기 때문이다. 누구라도 타인에게 '이런 직업을 가려라, 다른 직업으로 바꿔라' 하는 식으로 강요할 수는 없다. 타인에게 좋은 직업이라며 권유와 추천을 할 수 있지만 대신 결정해주면 안 된다. 스스로 선택하는 것이 가장 좋다. 내 인생이니까 내가 결정해야 부작용이 덜 생긴다.

명리학적 관점에서 관성운을 효과적으로 활용하는 방법에 대하여 나는 많이 고민했다. 내가 생각하는 관성운을 제대로 활용하는 방법에 대하여 간략하게 제시해본다.

먼저 관성은 남녀 모두에게 직업을 뜻한다. 관성운이 오거나, 관성복이 좋다는 말을 듣는다는 것은 직업적인 부분에서 긍정적인 시기가 왔다거나, 직업적으로 탄탄하게 성공할 수 있다는 의미가 포함된다. 자신의 인생에서 이러한 복을 가졌다는 것은 감사할 일이다. 이러한 감사할 일을 효과적으로 사용하기 위해서는 기본적으로 준비가 필요하다.

관성운이 오면 통상 자신의 직업이나 하는 일에 대하여 여러 고민을 하게 된다. 아무 때나 직업 고민을 하는 것이 아니다. 직업 고민을 하기 좋은 때가 바로 관성운에 해당되는 시기가 된다. 이러한 시기를 잘 활용하려면 자신의 성향과 특성, 선호하는 직업 조건 등 스스로 점검하는 것도 좋은 방법이다.

나 자신이 직업을 결정할 때 안정적인 걸 선택할 것인지, 안정적이지는 않지만 꼭 하고 싶은 일을 선택할 것인지 자신의 진짜 마음을 확인해야 한다. 특히 안정적이지 않은 일을 선택할 때는 현재의 생활과 미래가 걸린 일이기 때문에 더욱 신중하게 결정해야 한다. 꼭 하고 싶은 일, 하지 않으면 훗날 반드시 후회할 것 같은 일, 모험적이지만 성과적 보상이 큰 일 등을 생각해봐야 한다. 그럼에도 하고 싶다는 결론에 도달했을 때 명확한 마음으로 확정하는 것도 좋다고 본다.

명리학적 관점은 직업도 선천적으로 타고난다고 본다. 직장을 선호하는 사주, 사업을 선호하는 사주, 프리랜서를 선호하는 사주 등이 판단되기 때문이다. 물론 자신의 사주가 직장을 선호한다고 해서 반드시 직장에만 다녀야 하고, 사업을 선호하는 사주라고 해서 반드시 사업을 해야 하는 법은 없다. 자기 자신이 어떠한 일을 하고 싶은 것인지에 대해 자신에게 몇 번이든 되물어볼 필요가 있다. 나이가 들어 후회하지 않으려면 꼭 내면의 소리를 들어야 한다. 이러한 고민은 평상시에 하는 것도 좋고, 관성운이 도래한 시기에 총체적으로 되짚고 정리해보는 것도 추천한다. 이것은 남자에게도, 여자에게도 해당되는 사항이다.

관운복을 제대로 누리기 위해서는 자신의 직업이나 직무에 대하여 만족하는 마음을 갖는 것도 필요하다. 통상 관성운이 오면 취업하거나, 승진하거나, 성과가 향상되는 기쁜 일들을 겪을 수 있다고 분석한다. 평상시 성실하게 노력하는 것도 중요하지만 더 큰 효과를 얻기 위해서는 관운복의 시기에 자신을 단련하며 꾸준하게 맡은 일을 추진해나가면 더 좋다. 조금 더 힘을 내서 평상시보다 열정을 갖고 직무에 매달리면 기대한 것보다 높은 만족감을 얻을 수 있다. 달려야 할 때와 쉬어야 할 때로 표현하자면 관성운의 시기에는 나 자신을 위해 달려야 할 때다.

여자에게만 해당되는 관운복이 있다. 관성운이란 여자에게는 연애할 운에 해당하고, 이성 교제에 좋은 때로 본다. 관성운이 오면 여자는 이성에게 관심과 호기심이 생기고, 연애하고 싶은 감정이 치솟는다. 집에 콕 박혀서 TV 속 연예인을 짝사랑한다면 아까운 시기를 놓치는 것이다. 이 시기를 제대로 쓰고, 효과적으로 활용하기 위해서는 적극적으로 사람을 만나고, 모임에 나가 교류하고, 소개팅이나 맞선 등을 활용해야 한다.

사람의 운명을 분석하는 데 큰 틀은 있지만, 큰 틀 안에서 소소한 일상을 만들어가는 것은 스스로 얼마든지 바꿀 수 있고, 충분히 더 좋은 것으로 가꿔갈 수 있다. 여기에 명리학은 시기를 알려준다. 바로 나에게 좋은 때를 말하는 것이다. 덧셈이나 곱셈처럼 틀에 짜인 정답을 찾아내는 게 아니다. 나에게 좋은 연애 시기, 취업 시기, 승진 시기를 언급한다. 자신에게 타고난 때를 말해주는 학문이다. 나는 명리학의 이러한 때를 찾는 원리야말로 어떤 학문과도 비교할 수 없는 멋스러움이라고 생각한다.

사람이 타고나는 데 큰 틀은 있지만,
큰 틀 안에서 소소한 일상을 만들어가는 것은
스스로 얼마든지 바꿀 수 있다.

명리학은 관점을 바꿀 수 있게 하는 학문이다.
특히 돈에 대해 다시 생각하게 만드는 사색의 시간을 제공한다.

돈 그릇의
크기

돈은 사물의 가치를 나타낸다. 물건을 사거나 서비스를 이용할 때 돈을 내야 한다. 돈이 있어야 집을 사고, 자동차를 사고, 여행을 다닐 수 있다. 모두가 돈 많은 부자를 부러워한다. 돈이 없으면 돈을 벌고 싶은 갈증이 커지고, 돈 때문에 발생하는 힘든 일도 겪어야 한다. 돈이 없는 삶을 부러워하는 사람은 없다. 많은 사람이 돈을 벌고자 노력하고, 넉넉하게 모은 돈으로 여유로운 일상을 살겠다는 달콤한 꿈을 꾼다. 돈이 이렇게 중요하다.

돈에 대한 고민은 누구에게나 발생할 수 있다. 타인에게 솔직하게 속마음을 털어놓지 못하지만, 대부분의 사람이 돈 때문에 생긴 고민과 어려움에서 벗어날 수 없다. 대학등록금, 결혼자금, 전세자금, 주택마련자금, 자녀의 결혼자금, 노후설계자금 등 돈 들어갈 곳은 줄기차게 생긴다.

"휴, 언제쯤 돈 걱정 안 하고 살 수 있을까?"

하나의 돈 고민이 해결되면 '이제 좀 돈 걱정 없이 살 수 있겠지' 생각하지만, 현실은 그렇지 않다. 돈으로 말미암아 답답함이 턱 끝까지 차오르면 스트레스는 물론이고 불안감, 우울증, 불면증, 무기력, 의욕 저하 등이 동반된다. 감당하기 힘든 피로감에 휩싸일 때도 많다.

서론부터 돈 이야기를 길게 한 것은 사주 상담에서 돈이 차지하는 비중이 매우 높기 때문이다. 사람들에게서 듣는 다양한 고민 중 대표적 주제는 연애, 결혼, 출산, 육아, 취업, 승진, 사업, 창업, 돈, 인간관계, 인복, 공부, 건강, 가족 문제가 있다. 이 중에서 가장 비중이 높은 고민은 돈 문제다. 살자면 돈 문제에서 벗어날 수 없는데, 행복한 삶을 영위하는 데 핵심적으로 갖추어야 하는 것이 돈이기 때문이다. 이것은 부정할 수 없는 현실이다.

큰돈을 벌려면 미친 듯이 일해야 하는가? 크게 성공하려면 영혼까지 탈탈 털어가며 야근을 밥 먹듯 해야 하는가? 무엇인가를 이뤄가자면 정도에 맞는 노력과 투자가 필요한 것은 맞다. 성공학에서 강조하는 열정, 모험, 도전, 지속성, 차별화, 트렌드를 읽는 힘이 수반되어야 어느 분야가 되었든 성공할 수 있고, 큰돈을 벌 수 있다.

인정한다. 꾸준하게 자신의 목표를 향해 노력하는 사람은 노력하지 않는 사람보다 많은 부문에서 두각을 보일 수 있고, 더 높은 직급과 더 많은 성과를 얻을 수 있음은 당연하다. 그래서 자기계발서를 탐독하며 성장하고, 성공한 사람들의 선례를 교훈 삼아 업무수행 과정에서 발생하는 문제를 해결하면서 지혜를 쌓는다.

나 역시 20대를 시작하면서 자기계발, 성공학, 인간관계, 처세법에 관련된 책들을 줄기차게 읽었다. 책 읽는 동안 성공에 필요한 핵심 문장에 빨간 줄을 긋고, 노트에 옮겨 쓰고, 옮겨 쓴 문장을 달달 외웠다. 이런 방법들이 정답이라고 믿으면서 말이다. 성공하려면 당연히 이런 노력쯤은 해야 한다고 생각했다. 성공의 근처라도 가고 싶다면, 큰돈을 벌고 싶다면 반드시 거쳐야 하는 과정이라고 확신했다. 사실 이런 패턴은 나뿐만 아니라 많은 사람이 실천하는 양상이지 싶다. 내 주변에는 나와 비슷한 생각을 하고, 더 큰 노력으로 하루를 보내는 사람이 여전히 많다.

명리학은 관점을 바꿀 수 있게 하는 학문이다. 특히 돈에 대해 다시 생각하게 만드는 사색의 시간을 제공한다. 성공과 돈을 좇으며 살아온 시간이 길수록 생각이나 가치가 전환된다는 것이 쉽지 않은데, 명리학이나 동양학은 참 신비롭게도 생각을 전환해주는 힘이 있다. 어느 순간이라고 시작점을 콕 집어내기는 어렵지만 돈에 대한 집착도, 성공에 대한 갈증도, 더 가지지 못한 것에 대한 불만도 서서히 사그라지게 한다. 이를 악물며 버텨야 한다는 헛된 집착에서 벗어나게 해줄 때도 있다.

명리학에서는 큰돈이 따르는 사람이 있다고 규정한다. 노력과 열정, 줄기찬 야근으로 큰돈을 얻는 것이라고 말하지 않는다. 이러한 단언은 성공학적 노력과 전혀 다른 결론이다. 이 부분에 대하여 나는 받아들이기 어려웠다. 20년 넘도록 성공학적 노력으로 살아왔는데, 명리학의 이론을 적용하면 지난 세월의 노력이 헛된 것처럼 느껴졌다. 이런 속상한 마음은 한동안 지속되었고, 결국 명리학책을 멀리하는 사태까지 이르렀다.

명리학에서는 사람마다 돈 버는 능력이 다르고, 타고난 돈 그릇이 있다고 말한다. 큰돈을 버는 사람은 사주팔자 속에서 큰돈을 타고나야 하고, 흐르는 운세 속에서 큰돈을 버는 글자가 와야 크게 성공한다는 원리를 가지고 있다.

돈 그릇이 작은 사람이 아등바등 돈에 집착하고, 수단과 방법을 가리지 않고, 정도를 벗어나는 방법까지 동원한다고 해도 큰돈을 얻는 것은 힘든 일이라고 말한다. 자신에게 타고난 돈보다 큰돈이 들어오면 돈을 지켜내기란 쉽지 않다고 말한다. 로또복권 1등에 당첨되어 수십억을 받았지만 결국 몇 년 지나지 않아 빈털터리로 살아가거나, 수십억을 모조리 잃어버리고 빚까지 지는 경우가 자신의 돈 그릇보다 큰돈이라 지키지 못한 대표적 사례다.

돈 그릇은 힘이 있고 단단해야 한다. 아무리 돈 그릇이 크다고 하나 부서지고, 깨지고, 힘이 없으면 그릇의 역할을 제대로 할 수 없다. 명리학적으로 돈 그릇의 크기는 돈복의 차이를 의미하고, 돈 그릇의 단단함은 돈을 지키는 능력을 가리킨다. 돈 그릇의 크기도 중요하지만 돈 그릇이 단단해야 오래 사용할 수 있는 원리다.

돈 그릇을 판단하는 것은 무엇인가? 사주팔자 중 재성을 뜻하는 글자로 돈을 해석한다. 재성은 여자에게는 아버지·돈·시어머니를 의미하고, 남자에게는 아버지·돈·아내(애인)를 가리킨다. 재성의 글자가 좋은 구조로 짜여 있거나, 나를 가리키는 일간의 글자에 좋은 영향을 미치거나, 재성의 글자를 도와주는 보조 글자가 있어서 힘의 강약이 적당하거나, 음양오행이 순조롭게 유통되는 경우를 재성이 좋다고 해석하고, 돈복이 좋다고 한다.

사주팔자에서 재성이 좋다는 것은 무슨 의미인가? 태어나면서 좋은 집안이나 배경을 만날 수 있고, 경제적으로 풍요로운 가정에서 성장하는 것, 살아가면서 정신적이든 물질적이든 아버지의 후원을 받을 수 있고, 현명한 아내(애인)를 만나게 되거나, 아내 덕분에 좋은 일들이 생기는 것, 아내가 돈을 버는 능력이 좋거나, 자기 자신이 큰 돈을 움직이는 직업을 갖거나, 큰 사업체를 운영하게 되는 것, 큰돈을 벌며 성공하게 되는 것 등등으로 폭넓은 해석이 가능하다.

하지만 사주팔자 구성에서 재성에 해당하는 글자가 합(合), 충(冲), 파(破) 등으로 묶이거나 깨지면 글자 고유의 기능을 잃을 수 있고, 원래의 돈 그릇보다 크기가 작아지거나, 깨진 그릇으로 말미암아 자기 역할을 충분히 하지 못하므로 돈 버는 힘도, 돈을 관리하는 힘도 줄어들 수 있다. 즉, 돈복이 다소 감소하는 것이다. 이런 경우 돈에 대한 집착이 커질 가능성이 매우 높고, 무모하게 사업을 벌여 손해 보거나, 하는 일이 잘된다고 해서 무리하게 확장하여 빚을 지거나, 일확천금을 노리고 성급하게 투기나 투자에 가담한다면 긍정적인 결과보다는 부정적인 결과를 초래하기 쉽다.

돈 그릇이 불안정하거나, 타고난 돈 그릇은 있지만 자기 역할을 충실하게 하지 못하는 돈 그릇으로 살아야 하는 사람은 안정적인 급여생활자로 살아가는 것을 추천한다. 또한 노후를 위해 급여 일부분을 연금이나 보험에 가입할 필요가 있다.

대박을 꿈꾸며 무리한 투자로 원금까지 몽땅 날려버리고 마음고생을 하는 것보다 적금이나 저축을 통해 부족하나마 부담되지 않는 범위에서 미래를 준비해가는 것이 더 좋다고 본다. 돈을 키우는 감각이 좋지도 않은데 큰돈을 벌겠다는 욕심만 앞서서 돈은 돈대로 날리고, 고생은 고생대로 하면 멀쩡한 정신으로 살아가는 것이 쉽지 않기 때문이다.

돈복이 있느냐 없느냐의 질문 하나로 명리학에서는 다양한 해석이 가능하다. 단적으로 '돈을 버느냐, 못 버느냐'만을 분석하는 것이 아니라 벌어들이는 양과 지켜내는 힘에 관해 재성이라는 글자의 폭넓은 의미와 해석이 가능하기 때문이다. 인생에서 돈에 대한 의미와 가치, 나에게 맞는 돈 그릇, 중요할수록 정도에서 벗어나지 않는 돈 버는 방법 등을 아는 것도 중요하다.

부자가 되는
조건

명리학은 사람을 살리는 학문이다. 당장은 아닐지라도 막힌 일들이 언제 풀리게 될지 예측하여 지쳐가는 당사자에게 당장 눈앞만 보지 말고 내년을 보고, 미래를 보게 하는 학문이다. 좌절, 절망, 포기를 권하는 것이 아니라 아직은 자신에게 좋은 시기가 되지 않았을 뿐이라고 말한다. 마음의 여유를 가지고 평소처럼 살다 보면 좋은 일들이 생길 것이라고 위로한다. 이러한 한마디 말은 힘들고 고단한 마음에 시원한 단비가 된다. 이런 장점이 명리학을 지금까지 전해지도록 만들었을 것이다.

명리 상담을 통해 좌절하고, 실망하고, 포기하는 것은 상담의 진수를 접하지 못한 것이다. 이 세상에 돈을 내고 절망하게 만드는 상담이 어디 있으며, 희망을 꺾어버리는 학문이 어디 있는가? 무엇이 되었든 부정적인 감정을 증폭시키는 것이라면 오래도록 지속하기란 힘들다. 경영학적 이론으로 비유하자면 부정적인 감정의 증폭으로 수요와 공급의 균형을 깨뜨릴 수 있고, 상품을 한 번 구매했다 한들 추가적인 구매로 연결되지 않을 수 있다. 상품을 구매하는 고객이 없는데 무턱대고 생산만 할 수는 없다. 아무도 사지 않는 상품으로 전락하는 처지에 놓이면 시장에서 자취를 감춰버린다.

명리학에 100%란 없다. 사람의 운명에 대한 주제와 내용이라는 특수성을 가지고 있지만, 명리학의 해석대로 사람의 운명과 사건 사고가 100% 들어맞는 것은 아니다. 수십 년 또는 평생을 명리학 공부에 매달린 사람일지라도, 명리학에 제아무리 통달한 고수라도 백발백중의 적중률을 보장할 수는 없다. 명리학의 대가라 해도 사람의 인생사 문제에 대하여 100% 확신하는 것은 불가능하다. 따라서 고민으로 가득한 사람을 상담할 때나 소통하는 과정에서 신중함을 가지고 있어야 하며, 상대방의 입장을 충분히 이해하고 공감해야 한다. 물론 이것은 나의 주관적 생각일 뿐이다.

과유불급(過猶不及), 아무리 좋은 것이라 해도 지나치면 독이 된다. 동양학에서는 부족하지도 넘치지도 않는 적당한 것을 중용(中庸)

이라고 한다. 이 중용이라는 것은 시소게임과 똑같다. 수평을 이뤄야 가치가 높아진다. 일에서도, 인간관계에서도, 돈에 대해서도, 살아가는 인생살이에서도 잠시 딴생각하거나 헛짓하면 한순간에 균형을 잃을 수 있다. 아차 하는 실수가 헛발질에서 끝나는 것이 아니라 인생 전체가 흔들리며 위기에 처할 수도 있다.

부자가 되는 원리는 음양오행의 구조에 따라 다르게 결정된다. 작은 부자가 되는 것은 노력과 성실함을 기초로 하지만 큰 부자가 되는 것은 노력과 성실함을 절대적인 핵심 요소로 보지 않는다.

그렇다면 어떤 사람이 큰 부자로 살아갈 수 있을까? 명리학에서는 큰 부자가 되는 조건이 있다. 큰 부자가 되기 위한 사주팔자를 가지고 태어나든지, 세월의 흐름에 따라 자연스럽게 얻어지든지 해야 한다. 큰 부자의 조건적 이론에 대하여 몇 가지 소개하자면 다음과 같다.

첫 번째는 사주팔자의 글자 중에서 돈이나 부자를 뜻하는 재성이라는 글자가 있어야 한다. 재성은 돈, 재물을 상징한다. 재성에는 편재와 정재가 있다. 편재는 큰돈을 뜻하고, 정재는 정기적인 돈을 의미한다. 정기적인 돈이라는 것은 월급, 임대료, 이자수익 등을 가리킨다. 사주팔자에 재성이 있으면 돈을 대하는 자세와 태도, 돈에 대한 가치관 등이 재성이 없는 사람과 약간의 차이가 있다. 재성의 글자가 있으면 경제관념이 철저하거나, 돈에 대한 정보수집 및 재테크에 집중하거나, 자기 것을 잘 지키는 능력이 탁월한 것으로 나타날 수 있다. 때로는 돈에 대한 집착, 구두쇠 기질, 지독한 돈관리 등으로 나타날 수도 있다.

두 번째는 사주팔자에 재성이 없더라도 흐르는 세월 속에서 재성이라는 글자를 만나야 한다. 흐르는 세월은 10년을 단위로 한 대운, 1년을 단위로 한 세운이 있다. 자평명리학에서는 용신이 재성이고, 대운에서 용신운이 오면 크게 성공하거나, 큰 부자가 된다고 해석하기도 한다. 왕성하게 경제활동을 하는 시기인 20대에서 40대 사이에 재성운이 좋게 작용하면 큰 부자가 되거나, 크게 성공할 수 있다고 본다.

세 번째는 사주팔자의 구조에서 일간(나를 가리키는 글자)이 힘이 있고, 주변의 글자 중에서 명리학적 용어인 식신이나 상관이 발달하여 재성을 도와주는 구조가 되면 자연스럽게 부를 축적할 수 있는 사주라고 본다. 이러한 구조를 식신생재(食神生財) 또는 식상생재(食傷生財)라고 한다. 식상(식신과 상관을 합하여 부르는 용어)은 재능, 기술, 전문성, 생산력 등을 의미하고, 식상의 기능은 재성을 도와주고 활성화하는 역할을 한다.

명리학은 내 돈 그릇의 관리에 대한 중요성을 깨닫게 한다.
다른 사람의 돈 그릇을 부러워하거나 탐하는 것보다
내 돈 그릇부터 관심을 가져야 한다는 것이다.

결국 자신의 재능과 전문성으로 돈을 번다는 의미가 된다. 사주 팔자가 식상생재의 구조로 이루어진 사람의 특성은 다양한 분야에 호기심이 많고, 새로운 것을 추구하며, 현재의 것을 새롭게 응용하고, 혁신적 아이디어를 만들어내며 변화에 도전하는 것을 두려워하지 않는다. 제품을 만들기만 하는 것이 아니라 제품 판매를 직접 하거나, 판매 방법을 다각화하여 이익을 극대화하려는 경향이 있다. 자본주의 사회에서 식상생재의 구조를 가진 사람들이 자신의 재능과 아이디어를 활용하여 크게 성공하는 경우를 자주 접하게 되는데, 이것은 도전과 혁신을 추구하는 지금의 사회적 특성에 적합하게 맞아떨어진 것으로 생각된다.

명리학적 이론에 대하여 처음 접하는 이들이라면 다소 낯설거나 실망할 수도 있을 것 같다. 스스로 부자가 되고자 노력과 열정을 아끼지 않고 살아가는 이라면 사주팔자에 대해서 부정적인 생각을 갖지 않을까 하는 염려도 생긴다.

나 역시 큰 부자가 되는 사주의 구조적 이해를 공부했던 날을 잊을 수 없다. 노력한다고 큰 부자가 되는 것은 아니라는 이론에 대하여 강하게 부정했다. 일개미를 자처하며 부지런함을 무기 삼아 살아왔던 지난날들이 무슨 의미가 있을까 하는 생각 때문에 한동안 마음을 추스르는 것도 힘들었다. 뭐 하려고 결과도 없는 노력에 매달렸나 하는 허탈함에서 벗어나는 데 생각보다 오랜 시간이 걸렸다. 다행스럽게도 지금은 자연스레 명리학적 원리에 대한 폭넓은 해석으로 좋은 점을 실생활에 활용하는 방식으로 수용하고 있다.

큰 부자는 하늘이 정해줄지 몰라도 작은 부자는 스스로 만들어 갈 수 있다. 명리학적 원리에서 돈 버는 능력을 정재와 편재라는 글자로만 한정하는 것은 아니다. 식신, 상관, 편관, 정관, 정인, 편인, 비견, 겁재라는 글자가 모두 포함된다. 특히 식신과 상관, 정관과 편관은 돈 영역에서 구체적인 해석이 가능하다.

식신과 상관은 자신의 재능(예술, 문화, 스포츠, 연예인, 기자 등), 능력(손, 말, 몸을 쓰는 능력)이다. 또한 전문직, 자영업, 프리랜서, 정직원, 계약직 등으로 돈을 벌 수 있는 글자다. 사회 문화적 교류가 폭넓은 지금 시대에서 흐름을 잘 타면 세계적으로 유명한 사람이 될 수 있고, 올림픽 메달리스트나 세계 스포츠 경기에서 인정받는 인기 스타가 될 수 있고, 중소기업보다 매출이 높은 대중 스타도 가능하다.

정관과 편관은 직장인으로 근무하는 봉급생활자를 의미한다. 장기 근속자라면 돈복이 없다고 말하는 것은 옳지 않다. 매월 받는 급여를 잘 관리하면 얼마든지 재산을 불릴 종잣돈이 될 수 있고, 돈 그릇을 크게 키울 수 있다. 사업해서 벌어들이는 큰돈과 비교할 수는 없지만 스스로 어떻게 관리하느냐에 따라 충분히 돈 그릇을 키울 수 있다.

명리학은 돈관리에 대한 중요성을 깨닫게 한다. 다른 사람의 돈 그릇을 부러워하거나 탐하는 것보다 내 돈 그릇부터 관심을 가져야 한다는 것이다. 내 돈 그릇을 착실하게 채우면 큰 부자는 아니지만 작은 부자는 충분히 될 수 있다고 말한다. 과한 욕심으로 무모한 투자나 투기에 가담하여 불행을 키우는 것보다 자신에게 주어진 돈 그릇을 채워가면 그 또한 자연스럽게 돈 버는 방안이 될 수 있다. 더불어 주어진 삶에 감사하는 것도 마음의 부자가 되는 방법이 될 수 있다.

돈복을 제대로
활용하는 사람

　음양오행의 구성, 오행에 따른 힘의 강약, 조후(調喉, 사주팔자의 온열 상태를 가리킴) 등을 판단하여 한 사람의 인생이 어떤 방향으로 흐르게 될 것인지, 어떠한 이유로 힘들어질 수 있는지, 어느 시기에 성공할 것인지 등을 추론하는 것이 바로 명리학의 원리다. 미래에 대한 두려움이나 불안감을 가진 사람들에게 미래적 추론으로 다소나마 심리적 안정감을 찾게 하고, 스스로 준비하게 하고, 위로받을 수 있게 하는 것은 명리학의 핵심 가치 중 하나다.

　미래는 희망적이고 설레는 기대감으로 가득 차야 한다. 하지만 현실은 완전 딴판일 때가 많다. 자신의 인생이 앞으로 어떻게 흘러

갈지 생각했을 때 막연하게 두렵기만 하고, 빠르게 변화하는 우리 사회에 잘 적응하고 살아낼 수 있을지 걱정된다. 현재의 나처럼 미래의 내가 무탈하게 일상을 계속 영위할 수는 있을까 하는 의구심이 들기까지 한다. 순간마다 스치는 생각들이 자기 자신을 작아지게 만드는 것은 나만 느끼는 감정일까? 아니면 대부분의 사람에게서 발견할 수 있는 공통된 감정일까? 아마 대부분은 미래에 대한 막연한 두려움과 걱정이 앞서지 않을까 싶다.

매사 충만한 자신감으로 살아가는 사람들에게 명리학은 필요성이 높지 않다. 우리 주변에는 명리학과 무관하게 자신의 길을 잘 살아가는 사람도 많다. 명리학이라는 학문이 있다는 사실조차 모르고 평생을 잘 살아가는 사람도 많다. 또한 위기가 닥치거나 힘든 역경을 만나도 자기 스스로 굳건하게 마음을 다잡으며 살아가는 사람도 많다. 흔들리는 마음을 스스로 정립할 능력이 있는 사람이면, 현실을 바탕으로 정리된 정보 분석으로도 충분히 의사결정을 내릴 수 있는 사람이면, 심리적 불안과 고통에서 빠르게 벗어나는 자신만의 비책을 가지고 있는 사람이면 명리학적 상담이나 추론에 관심을 기울이지 않아도 된다.

그렇다고 명리학과 상담에 관심이 깊을수록 내실이 굳건하지 않고, 자신을 지키는 능력이 없다는 것은 전혀 아니다. 단지 모든 사람이 명리학의 필요성을 느끼는 것은 아니라고 말하고자 할 뿐이다. 필요한 사람에게만 요긴하게 사용될 수 있는 학문이라는 것이다. 그렇기에 사용 여부에 대해 '맞다, 틀리다'를 논하기보다 나 자신에게 어떤 유용한 점이 있는지, 어떠한 부분에서 도움 되는지 판단하면 되는 것이다.

명리학적 관점에서 재성운을 분석하면 남자에게는 연애, 결혼의 기회가 있고, 돈에 대한 상황이 변화될 수 있다고 해석한다. 재성이 좋은 작용을 하는 경우 큰돈을 벌거나, 높은 인센티브를 받을 기회가 오거나, 사업을 확장하거나, 재정이 안정적으로 바뀔 수 있다.

하지만 재성이 좋지 않은 작용을 하는 경우 돈 때문에 힘들어질 수 있고, 들어와야 할 돈이 지연되거나 정체되어 답답할 수 있고, 사업을 확장했지만 재정적으로 불안정하거나, 돈 때문에 시달림을 겪을 수 있다.

여자에게도 재성운은 비슷하게 해석된다. 돈, 아버지, 결혼한 여자에게는 시어머니와 관련된 문제다. 돈과 아버지에 관련된 해석은 남자와 같다. 다만 시어머니와의 문제가 다를 뿐이다. 여자에게 재성이 좋은 작용을 하는 경우는 시어머니와의 관계가 돈독해지거나, 시어머니에게 좋은 일이 생길 수 있다. 하지만 재성이 좋지 않은 작용을 하는 경우는 시어머니와의 관계에서 힘든 일들이 발생할 수 있다.

"올해는 돈복이 좋을까?"

많은 사람이 돈복을 학수고대한다. 그런데 재성운이 왔다고 해서 모두에게 돈복이 쏟아지는 것은 아니다. 재성이 나에게 좋은 작용을 하느냐, 좋지 않은 작용을 하느냐에 따라 달라지기 때문이다. 나는 지금까지 명리학적 사건 사고에 대하여 다양한 사람을 대상으로 임상한 결과 돈복, 재물복, 재성운을 제대로 활용하는 사람들에게는 공통적 특성이 있다는 것을 알았다. 공통적인 특성 중에서 두 가지 정도만 소개하고자 한다.

하나는 돈복, 재물복은 결국 사람을 타고 온다는 것이다. 좋은 재성운을 효과적으로 활용하는 사람은 평상시에도 꾸준히 사람들과 교류했고, 결정적인 순간에 교류하던 사람들로 말미암아 큰돈을 얻거나, 계약을 따거나, 좋은 기회를 획득하는 경우가 많았다.

기대에 찬 목적을 갖고 사람들과 교류한 것은 아니었지만 지인으로부터 뜻밖의 좋은 소식을 듣거나 예기치 못한 엄청난 기회를 얻게 된 것이다. 재성운이 좋아 큰돈을 다루는 것도 행운이고, 평소 인간관계를 어떻게 하느냐에 따라 돈의 크기가 달라졌다.

두 번째는 돈복, 재물복이 좋은 사람은 정보수집 능력이 탁월했다. 대표적인 차이점으로는 새로운 것에 관심을 갖고, 다양한 사람과 의견을 교류하고, 주변 사람들의 의견을 반영하여 좋은 아이디어를 끌어내는 성향이 있었다. 이러한 아이디어는 사업의 시발점이 되거나, 창업의 핵심 상품이 되거나, 히트 상품의 시초가 되었다.

상품을 구매하고 서비스를 이용하는 사람들과 소통하는 업무적인 흐름 속에서 큰돈을 만들어내는 사람들은 소통을 필수요소로 생각했다. 이러한 과정들은 재성운이 오면서 그 진가를 발휘하게 되고, 좋은 결과를 분수처럼 퍼지게 했다.

사람들은 행운을 잡은 주인공을 가리켜 노력보다 일이 술술 풀린다고 말한다. 하지만 그들의 일상을 들여다보면 누가 알아주든 상관없이 자기만의 방식을, 자기만의 철학을, 자기만의 돈 버는 규칙을 어김없이 지키며 살아간다. 한 방 크게 터지는 대박을 고대하는 경우보다 각고의 노력으로 뭉친 땀방울을 끊임없이 쏟아내며 묵묵히 나아가는 경우가 많았다. 그들에게서 성공하기까지의 과정을 들어보면 때로는 드라마 같은 사연이 넘쳐난다.

좋은 운을 보내는 것보다 몇 곱절 더 고민해야 하는 것은 좋지 않은 운으로 작용할 때다. 좋지 않은 시절을 보낼 때는 어떤 방식으로든 고단한 일들이 발생한다. 특히 돈에 관련된 일이라면 마음고생을 면하기 어렵다. 재성운이 좋지 않은 사람들은 어떤 방식으로 살아야 덜 고단할까? 가만히 숨죽이고 지내면 나쁜 일들이 피해 가는 것일까? 아니, 이럴 때일수록 노력에 노력을 더하며 살아야 하는 게 맞는 거겠지? 고민이 쌓일 수밖에 없다.

재성운이 좋지 않은 운으로 작용할 때는 돈에 관련된 사건 사고, 연애와 결혼에 관련된 사건 사고, 아버지에 관련된 사건 사고, 여자에게는 시어머니에 관련된 사건 사고도 발생할 수 있다. 재성운이 좋지 않은 시기에는 무리한 돈 투자를 하는 것은 좋지 않다. 운이 좋지 않은 시기에는 90% 이상의 승률을 가지고 있다고 해도 실패하는 경우가 많았다. 특히 운이 좋지 않은 시기에 주변의 유혹이 넘쳐난다.

"주식투자 하고 있어요?"
"정보를 드릴테리 코인을 사세요."
"땅보다 좋은 투자가 없어요."
"상가 분양을 하는 사람을 소개해드릴게요."

투자에 대하여 잘 알지도 못하면서 돈 욕심에 눈이 멀어 주변 사람들에게 휘둘리다 보면 어느 틈에 해당 서류에 도장을 찍는다. 이럴 때는 차라리 투자전략가들이 강조하는 분산투자 방식을 선택하

재물을 취하는 데 지켜야 할 선을 넘지 말아야 하며,
스스로 철학을 가지고 조절할 줄 알아야
큰 불행을 피할 수 있을 것이다.

는 것도 좋다. 어쩌면 가장 교과서 같은 투자 방식이 나의 돈을 지켜주는 방법이 될 수 있다.

지금까지의 임상 결과로 보면 타인의 노력이나 힘을 빌려 투자하는 경우, 아무것도 모른 상태에서 상대방에게 돈과 투자를 맡기기만 하고 수익금만 얻으려고 하는 경우는 오히려 손실을 일으켰다. 운이 나쁠 때는 수익을 내는 것도 좋지만 내 돈을 지켜내는 것이 오히려 돈 버는 방법이 될 수 있다.

재성운이 좋지 않은 시기에는 남자에게는 아버지, 여자에게는 시어머니에 관련된 일들이 생긴다. 사소한 말 한마디, 지키지 못한 약속, 어쩌다 저지른 실수 한 번 등등이 큰 갈등, 심리적 고통, 원망 등으로 발전되었다. 인간관계에서 친할수록, 가깝다고 느낄수록 실수가 잦다. 운이 좋지 않을 때는 겸손한 자세를 유지하는 것이 사건 사고를 미리 방지하는 방패가 된다.

"그때 욱하는 성질을 잘 참아서 무탈했어! 안 그랬다면 큰일 났을 거야."

동양학의 가르침은 상식적이다. 대단한 권모술수를 써가며 나를 지키고, 관계의 갈등을 풀어가는 게 아니다. 나 자신을 다스리고, 타인을 이해하고, 서로를 존중하고, 기분 좋게 화합해야 한다고 강조한다. 너무 당연한 말이지만 현실에서 지키기란 여간 힘든 게 아니다. 돈 문제에서도 마찬가지다. 특히나 다른 사람들 피눈물 나게 하면서 돈 버는 것을 권장하지 않는다.

《춘추좌전(春秋左傳)》에 이런 말이 있다.

'악지래야기즉취지(惡之來也己則取之).'

나쁜 일이 닥쳐오는 것은 자기 자신이 불러들여 취한 것이라는 뜻이다. 돈에 대입할 수 있는 귀한 말이지 싶다. 재물을 취하는 데 지켜야 할 선을 넘지 말아야 하며, 자기 철학을 가지고 조절할 줄 알아야 큰 불행을 피할 수 있을 것이다.

돈복이 좋아질 때
나타나는 징조들

"당신이 성공할 수 있었던 이유는 무엇인가요?"

성공한 사람들에게 성공할 수 있었던 이유나 원인에 대해 물어 보면 비슷한 대답이 많았다.

"그저 운이 좋았기 때문입니다."

"행운이 따라줘서 기대보다 좋은 결과를 얻게 되었습니다."

"위기가 닥칠 때마다 극복할 수 있었던 것은 운이 좋았을 뿐이라 고 생각해요."

운칠기삼, 성공의 원인을 보았을 때 운이 70%에 해당하고, 노력 이 30%에 해당한다는 것이다. 혹자는 운칠기삼을 운구기일(運九技一)

이라며 운이 90%에 해당한다고 말한다. 그만큼 운이 차지하는 비중이 중요하다는 것을 강조한 말이다.

정말 그럴까? 성공할 때까지 운이 미치는 영향력이 이리도 크단 말인가! 자기 노력과 기술 연마가 아니라 외부적 환경, 시간, 우연한 인연 등이 운으로 작용하여 성공하게 만든 것일까? 정확한 통계 데이터를 들이대며 분석하기는 어렵지만 세상사 '운칠기삼'이라는 말은 새삼스럽지 않은 용어가 되었다. 많은 사람이 고개를 끄덕이며 수긍하는 사자성어가 되었다.

명리학에서는 돈은 좇는 것이 아니라, 때를 기다려야 한다고 말한다. 안달복달하거나 "돈, 돈, 돈" 한다고 돈이 벌리거나, 매사 돈만 쫓아다닌다고 하여 돈이 생기는 것이 아니라고 일침을 가한다. 운칠기삼의 원리처럼 운이 따라야 돈을 번다고 강조한다.

돈복에도 징조가 있다. 경우에 따라 차이는 있지만 막힌 돈줄이 풀리거나, 돌고 돌아 내 주머니로 돈이 돌아오게 될 때 나타나는 현상들이다. 한마디로 돈복이 좋아지는 느낌이고, 돈이 모이기 시작하는 모습이다. 돈복이 새록새록 좋아질 때 나타나는 징조에 대하여 몇 가지 사례를 들고자 한다.

첫째, 돈복이 좋아질 때는 귀한 인연이 시작된다. 악연은 정리되고, 새롭게 맺어지는 귀한 인연이 생긴다. '사람이 답이다'라는 말은 명언이다. 어쩌면 모든 것의 시작과 끝은 사람이 아닌가 싶다. 기업은 어떤 인재가 들어 오느냐에 따라 기업의 미래가치가 바뀐다. 개인은 어떤 사람과 결혼하느냐에 따라 인생이 바뀐다. 어떤 사람이냐에 따라 결과는 충분히 바뀔 수 있다는 사실이다. 돈복이 좋아질 기미가 있거나, 실제로 돈복이 좋아지고 있을 때 내 주변을 주시할 필요가 있다. 이때는 반드시 귀한 인연이 시작되거나, 소중하게 관리하던 인연으로부터 좋은 일들이 생기게 마련이다. 또한 나에게 악연으로 연결되었던 인연이 자연스럽게 끝을 맺는 일도 생긴다. 애써 정리하고자 했던 것은 아니었지만 엉켜 있던 실타래가 풀리는 것처럼 관계 또한 그렇게 되는데, 이 역시 나에게 좋은 일이 된다.

둘째, 새로운 일이 시작된다. 이것은 첫 번째 징조와 연결된 부분이다. 새롭게 시작된 귀인으로부터 좋은 제안을 받기도 하고, 자기 스스로 새로운 것에 관심을 가지고 도전하게 되거나, 일의 진행이 부진하여 미뤄놓았던 일들을 추진하는 계기가 마련된다. 정보의 탐색과 분석으로 새로운 아이디어를 만들어내거나 계획했던 일들을 적절한 때 추진하게 되기도 한다.

셋째, 나를 포함한 가족 구성원에게 변화가 생긴다. 자녀의 입학,

취직, 결혼, 출산 등의 경사가 생기고, 가정적으로 물질이 풍부해지거나, 투자한 재테크가 성공하거나, 사업이 확장되거나, 좋은 집으로 이사를 하는 등의 긍정적인 일이 발생하고, 부부 금실이 좋아지고, 집안 분위기가 화기애애하게 된다. 이러한 현상들은 돈복이 좋아지는 징조다.

넷째, 자존감은 높아지고, 자신감이 생긴다. 특히 운이 좋지 않아 움츠러들었던 사람이라면 급격한 변화를 맞이할 수도 있다. 무기력한 일상에서 벗어나 활기찬 하루를 보내는 날이 증가하고, 싱글벙글 웃는 순간이 많아지고, 스스로 행복감이나 만족감을 느끼게 된다. 당당하지 못했던 모습은 사라지고, 매사 자기 일에서 자존감은 높아지고, 자신감은 힘이 붙는다. 이 또한 운이 좋아지는 징조다.

다섯째, 자신에 대한 믿음이 커진다. 지난날의 부족함이나 후회감보다는 현재와 미래의 내 모습에 중점을 두게 된다. 현재의 나를 인정하고, 용기를 북돋고, 가능성을 열어놓는다. 또한 소망하는 미래를 맞이하고자 긍정의 마인드로 무장한다. 운이 좋아질 때 나타나는 확실한 징조는 자주 웃고, 좋은 생각을 하고, 가능성에 초점을 맞추고 산다는 것이다.

무엇이든 자연스러운 게 좋은 것 같다. 나는 어느덧 자연스러운 삶을 또는 평범한 삶을 추구하는 나이가 되었다. 인간관계에서도, 일에서도, 재물에 대해서도 마찬가지로 자연스러워야 내 것이 된다고 생각한다. 자연스러움이란 무엇인가? 내 마음이 시켜서 행동하게 되는 것, 다른 사람의 생각이 아니라 내 온전한 생각대로 하는 것이 자연스러운 것이라고 본다. 이는 다른 사람의 옷을 빌려 입은 것처럼 낯설지 않고, 불편하지 않고, 어색하지 않다.

좋은 운을 맞이하는 징조도 그렇게 온다. 나 자신에게 집중하며 살아가다 보면 명리학이 말하는 좋은 시절이 반드시 온다. 운이 좋아지는 징조 속에서는 평정심으로 때를 기다리는 것이 준비운동인 셈이다.

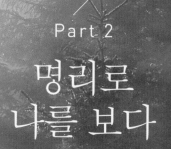

Part 2

명리로
나를 보다

명리학은 사람의 특성 분석이 가능하다.
개인의 성격과 성향, 장단점 등을 구체적으로 확인할 수 있다.

음과 양으로 사람의 성향을
표현한다면

조직 구성원의 특성이 다양해지고 있다. 경제활동에 참여하는 인구 증가로 대부분의 사람이 돈벌이를 위해 일을 한다. 생판 모르는 사람들과 한 팀이 되고, 그들과 지지고 볶으며 하루를 보내야 한다. 어떤 사람과 함께 일하느냐는 행복과 불행이 엇갈리는 결정타가 된다. 자유롭게 일하는 프리랜서도, 직장인도, 전문직 종사자도 사람 문제에서 벗어날 수 없다. 사람으로 말미암아 힘듦의 정도가 증감되는 현상은 명백하다.

사주 상담에는 인간관계와 관련된 고민이 차고 넘친다. 타인과 분업하며 업무를 추진하는 현대의 업무 구조에서는 인간관계의 고민도 필연적으로 공존한다. 사람 덕분에 성공하고, 사람 때문에 실패하고, 사람 때문에 스트레스를 받고, 사람 때문에 상처를 입고, 사람 때문에 감동하며, 사람 때문에 눈물을 흘린다. 그 누구도 이러한 복잡한 관계적 감정에서 벗어나기란 어렵다.

주변 사람에게 아무런 영향을 받지 않으며 살아간다고 말하는 사람을 단 한 번도 본 적이 없다. 직급이 높든 낮든, 경력이 많든 적든, 남자든 여자든 사람들과 감정을 교류하며 살아간다. 이러한 감정적 교류로 말미암아 발생하는 문제를 해결하기 위해서 사람에 관한 연구가 절대적으로 필요하다.

서양학에서는 사람의 특성에 관한 연구로 혈액형, 교류 분석, 에니어그램, MBTI, DISC 행동유형 등이 있다. 사람 특성에 관한 유형의 정의, 분류 기준, 분류의 개수, 분류에 따른 특성은 다르지만 유형분류에 따른 공통점이나 차이점을 분석한다는 점에서 혈액형, 교류분석, 에니어그램, MBTI, DISC 행동유형이 비슷하다.

동양학에서는 사람의 특성에 관한 연구로 관상학, 수상학, 족상학, 명리학, 매화역수 등이 있다. 얼굴을 보고 사람의 특성을 판단하는 관상학, 손금과 손의 모양을 보고 판단하는 수상학, 발의 생김새와 선을 보고 판단하는 족상학, 태어난 생년월일시로 사람의 인생을 예측하고 분석하는 학문이 명리학이고, 사람에게는 자신만의 타고난 고유 숫자가 있고, 이 숫자로 성격이나 운명의 흐름을 읽어주는 학문이 매화역수다. 이런 학문들은 사람의 성격, 특성, 재능, 좋은 때, 좋지 않은 때 등을 읽어주는 오랜 역사를 가진 인문학의 한 분야이다.

특히 명리학은 자연을 음(陰)과 양(陽)으로 구분하는 원리에 따른다. 햇빛이 비치지 않는 그늘진 곳을 음이라고 칭하고, 햇빛이 비치는 밝은 부분을 양이라고 칭한다. 이러한 음과 양으로 구분하는 시작의 출발점은 자연현상이다. 학문이 발전하면서 자연현상에서 벗어나 공간, 현상, 성별, 사람의 성격 등으로 점차 그 범위가 확산되었다.

자연의 이치로 음과 양을 규정하고, 자연 원리에서 사람 인생을 분석하는 명리학의 이론적 원리가 나는 경이로울 뿐이다. 또한 자연현상에서 사람의 삶을 세밀한 부분까지 분석해낸다는 것 자체가 감탄이다. 나는 그렇게 느낀다.

"양은 뭘까?"

'양'에 해당하는 특성은 햇빛이 비치는 밝은 부분의 특성을 가진다. 밝고, 건강하고, 강인하다. 계절적으로는 봄과 여름이다. 성별로는 남자에 해당한다. 시간상으로는 낮이다. 성격적 특성으로는 활동성이 강하고, 적극적이고, 외향적이고, 실천력이 강하고, 자기주장을 잘 펼친다.

"음은 뭘까?"

'음'에 해당하는 특성은 햇빛이 비치지 않는 그늘진 부분의 특성을 가진다. 계절적으로는 가을과 겨울이다. 성별로는 여자에 해당한다. 시간상으로는 밤이다. 성격적 특성으로는 소극적이고, 내성적이고, 침착하고, 인내심이 강하고, 상대방을 배려하고, 협력적이다.

햇빛이 비치는 곳과 비치지 않는 곳이 다르듯이 양인 사람과 음인 사람은 많은 차이점을 가지고 있다. 개인적인 삶에서, 사회적 관계에서, 때로는 사소한 행동과 한마디 말에서도 양인 사람과 음인 사람은 자신의 고유한 특성대로 살아가는 모습을 보인다. 서로 다르지만 균형을 이루기도 하고, 균형을 이루지만 서로 대립하기도 한다.

목木인 사람들의
장단점은 무엇일까?

"오행(五行)이라고 들어본 적이 있나요?"

음과 양, 그리고 오행은 명리학의 근간이다. 음양과 오행을 모르고서는 명리학의 원리를 깨칠 수 없다. 사주 상담 역시 불가능하다. 음양과 오행은 동양학이나 명리학을 배울 때 가장 먼저 배우는 기초 공부에 해당한다. 어떤 공부라도 기초가 그만큼 중요하다.

오행은 목(木), 화(火), 토(土), 금(金), 수(水)이다. 명리학의 구조적 해석에서 오행은 다양하게 접목된다. 사람 인생과 오행을 엮으니 다소 황당하게 보일 수 있지만 결국 사람의 인생을 자연 이치로 보기에 음과 양, 오행의 범위 안에 있는 것이다.

오행에 대하여 깊이 있게 공부하면 세상 돌아가는 이치가 자연과 같다는 것을 깨닫게 된다. 인공적으로 만들어낸 문명사회일지라도 자연의 원리와 순리에서 벗어나는 경우는 극히 드물다. 봄·여름·가을·겨울의 순차적인 시간의 흐름을 거쳐야 사계절이 되고 한 해가 완성된다. 봄에는 꽃이 피고, 여름에는 성장하고, 가을에는 열매를 맺고, 겨울에는 처음으로 돌아가는 것처럼 사람의 삶에서도 사계절을 거치게 되고, 이러한 과정을 거치면서 삶이 완성되어간다.

명리학에서 나를 가리키는 글자를 일간이라 말한다. 일간을 분류하는 기준 중 하나가 바로 오행이다. "나는 어떤 오행으로 태어났어요?"라는 질문을 했을 때 사주팔자의 글자 중에서 일간에 해당되는 글자를 오행으로 치환하여 말해주는 것이다. 가령 나를 가리키는 일간이 갑(甲)이라는 글자라면 "당신은 목(木)으로 태어났어요"라고 말한다. 갑(甲)으로 태어난 사람은 목(木)이다.

나를 가리키는 일간이 목(木), 화(火), 토(土), 금(金), 수(水) 중의 하나가 되어야 한다. 오행에 따라 각각 다른 특성이 있는데, 명리학적 관점에서 오행 특성은 성향적 특성으로 분류된다. 물론 성향적 특성을 분석할 때 사주팔자의 일간만 분석하는 단편적 분석보다는 힘의 강약과 균형을 고려한 종합적 분석이 수반되는 것이 더 좋다.

"목(木)의 사람들은 뭐가 다를까?"

목(木)은 물상(눈에 보이는 물건이나 사물의 형태)으로 표현하면 나무다. 나무는 생명이 있고, 땅속에 뿌리를 내리고, 땅 위로 성장한다. 나무는 봄부터 겨울까지 부지런하게 자기 할 일을 한다. 새싹이 나고, 꽃이 피고, 열매를 맺고, 낙엽이 되고, 거름이 되기 때문이다. 나무는 주변 환경인 햇빛, 흙, 물, 바람, 영양분 등이 중요하게 작용된다. 이것이 바로 목(木)인 사람들이 가진 특성이다.

조금 더 현실적으로 말하면 목(木)인 사람들의 특성은 나무처럼 위로 성장하려고 애쓰고, 주변 환경에 적응하고자 노력하고, 꿈과 희망, 목표를 향해 달려가며 진취적인 일상을 보내고자 힘쓴다. 이것은 목(木)인 사람들의 장점이다. 이들은 솔직하고 담백하며, 천진난만하고 호기심이 많다.

단점도 분석된다. 성장성과 진취적인 삶을 추구하는 목(木)인 사람들은 실패를 겪게 되면 좌절, 포기, 절망 등의 마음에서 벗어나기 힘들다. 마음의 안정이 회복될 때까지 긴 시간이 필요하고, 심리적으로 우울증, 대인기피증, 화병 등이 생길 우려가 있다. 목(木)인 사람들은 일에 대한 강한 열정, 진취성, 도전정신, 모험심 등이 강하지만 반대로 체계성, 논리성, 안정성이 부족할 수 있다.

관계적인 측면에서 목(木)인 사람들은 목표 달성도 중요하지만 주변을 두루두루 살피며 생활하는 것도 좋다. 대부분의 사람이 성공만 하는 것은 아니고 때때로 실패도 겪고 살기 때문이다. 혹시라도 좌절에 직면했을 때 자존심이 무너지는 것보다 더 중요한 건 낙담하는 마음에서 슬기롭게 벗어나는 거다. 이때 내가 아닌 다른 사람들의 살아가는 모습을 보면서 힘든 시기를 극복할 수도 있기 때문이다.

목(木)인 사람들에게는 산을 오를 때 주변의 아름다운 풍경을 충분히 즐기면서 정상에 오르는 여유도 필요하다. 목표를 달성할 때의 쾌감도 중요하지만 목표를 이뤄가는 과정에서 겪는 감동, 격려, 용기, 힘든 감정 또한 내 인생의 한 부분이기 때문이다.

목(木)인 사람들의 심리적 특성은 나무의 특성을 반영한다.
위로 성장하려 애쓰고, 주변의 환경에 적응하려 노력하고,
진취적인 모습으로 살고자 힘쓴다.

화火, 그리고 토土인
사람들은 어떨까?

"화(火)인 사람들은 어떻게 다를까?"

화(火)는 물상으로 표현하면 불이다. 태양, 촛불, 등대, 가로등, 난로도 불에 해당한다. 불은 따뜻한 온기로 생명을 키우거나, 어둠을 밝히거나, 추위를 막아준다. 오랜 기간 계속 비가 내리는 곳에서는 식물이나 나무가 자라는 데 적합한 환경이 아니다. 찬바람만 불어닥치는 혹독한 추위 속에서는 사람의 활동성도 움츠러든다. 태양의 햇빛이 없으면 꽃이든 나무이든 싱그럽게 성장하는 게 불가능하고, 따뜻한 온기가 없는 맹추위 속에서는 사람도 힘들긴 마찬가지다. 이렇듯 불은 살아가는 환경을 한층 더 업그레이드시킨다. 이것이 바로 화(火)인 사람들이 가진 특성이다.

조금 더 현실적으로 말하면 화(火)인 사람들의 특성은 불의 특성을 반영한다. 밝고 긍정적이고, 미래지향적이며 주변 사람들을 위하여 배려한다. 자신의 삶을 주도적으로 이끌고, 유쾌하게 인간관계를 유지하려고 애쓴다. 이것은 화(火)인 사람들의 장점이다. 장점을 추가하자면 열정이 넘치고, 리더십이 탁월하며, 유머와 위트가 풍부하여 어느 곳에서나 존재감이 크다. 또한 어려움에 처한 사람을 돕는 것을 좋아하고, 자신을 멋지게 가꾸는 것을 즐겨한다.

물론 단점도 있다. 자기주장이 강하고, 호불호가 심하며, 열정적인 면이 지나쳐 다혈질적인 성향으로 표출될 수 있다. 또한 충동적이고 즉흥적인 언행을 조절하지 못하면 본인은 물론이고 주변 사람들까지 심리적인 고통을 겪게 된다.

관계적인 측면에서 화(火)인 사람들은 마음의 밸런스를 유지하는 것이 무척 중요하다. 감정적이거나 즉흥적인 면으로 말미암아 서로 간의 마음이 급격하게 불편해질 수 있기 때문이다. 화(火)인 사람들은 타인과 소통할 때 끝까지 경청하는 태도가 필요하고, 타인의 말을 중간에 자르지 않도록 주의할 필요가 있다.

화(火)인 사람들은 현대를 살아가면서 주변 사람들에게 많은 사랑을 받을 수 있다. 자기 PR과 홍보를 맛깔스럽게 표현하는 화술 덕분에 어디에서나 환영받는다. 또한 특유의 친화력으로 다양한 사람들과 어울려야 하는 사회적 환경이 화(火)인 사람들을 돋보이게 한다. 화(火)인 사람들이 가지고 있는 뛰어난 적응력은 어디에서나 빛이 난다.

"나는 토(土)라고 했는데, 달라도 뭐가 다르겠지!"

물론이다. 토(土)인 사람들은 목(木)이나 화(火)인 사람들과는 다른 특성을 가지고 있다. 토(土)는 물상으로 표현하면 흙이다. 토(土)를 조금 더 확장하면 큰 산, 넓은 땅, 논, 밭, 정원 등이다. 토(土)가 상징하는 것은 땅이다. 땅은 수용하며 받아들이는 속성을 가지고 있다. 또한 시간이 흘러도 변하지 않는 한결같은 면이 있다. 이것이 토(土)인 사람들이 가진 특성이다.

조금 더 현실적으로 말하면 토(土)인 사람들은 흙의 특성을 반영한다. 신용과 신뢰를 중요하게 생각하고, 편안하고 안정적이며 때로는 중후한 품격을 전달한다. 매사에 급히 서두르지 않는다. 여유롭게 행동하고 말한다. 소통에서도 상대방의 입장을 충분히 이해하고 경청하며, 넓은 마음으로 포용하고자 한다. 감정의 기복이 덜하고,

좋든 나쁘든 극단적으로 치우치지 않는다. 평온한 마음을 잘 유지하는 것은 토(土)인 사람들의 장점이다.

"그 사람의 속마음을 모르겠어요. 좋은지 나쁜지 말을 안 해요."

토(土)인 사람들의 단점은 자신의 속마음을 잘 드러내지 않는 것이다. 입이 무거워 신뢰받지만 속내를 알 수 없는 사람이라는 오해를 받기도 한다. 느긋한 여유가 때로는 열정이 부족하다는 것으로 폄훼될 수 있다. 또한 인간관계를 맺는 데 친해질 때까지 오랜 시간이 걸리는 특성이 있다. 시간을 두고 서서히 다가서기 때문에 상대방과 거리를 좁히는 것에 답답함을 전달하기도 한다. 이런 것이 토(土)인 사람들의 단점이 된다.

관계적 측면에서 토(土)인 사람들은 급격하게 가까워지는 관계보다는 오랜 교류를 통해 신뢰를 쌓아가기에 목(木)이나 화(火)인 사람들보다 시간상 오래 걸린다. 토(土)인 사람들과 친해지기 위해서는 섣부르게 다가서지 말고 마음이 열릴 때까지 천천히 시간을 두고 기다려줘야 좋은 관계로 발전할 수 있다. 또한 토(土)인 사람들도 현대사회의 요구에 맞추어 먼저 상대방에게 적극적으로 다가서는 연습이 필요하지 않을까 싶다.

금인 사람들은 정신력이 강하고, 책임감이 크고, 추진하는 능력이 탁월하다.
수인 사람들은 흐르는 물처럼 환경 적응력이 빠르고, 심사숙고하는 능력이 탁월하며
주변 상황에 휘말리지 않고 스스로 중심을 잘 잡는다.

금金인 사람들, 수水인 사람들은 뭐가 다를까?

"금은 쇳덩어리인가요? 아니면 돈인가요?"

금(金)은 눈에 보이는 물건으로 말하자면 바위, 강철, 쇳덩어리, 보석, 액세서리 등이 속한다. 쇳덩어리는 가공되지 않아 세련미는 없지만 단단하다. 거친 원석이라면 가공을 통해 아름다운 보석이 되기도 하고, 일상생활에서 쓰이는 유용한 도구로 재탄생되기도 한다. 강철, 쇳덩어리, 원석은 불이 필요하다. 불에 녹여 두드리면 훌륭한 완성품이 될 수 있기 때문이다. 이것이 바로 금(金)인 사람들이 가진 특성이다.

조금 더 현실적으로 말하면 금(金)인 사람들은 쇳덩어리, 원석, 보석 등의 특성을 반영한다. 정신력이 강하고, 책임감이 크고, 추진하는 능력이 탁월하다. 자존심도 강하고, 독립적이며, 스스로에 대한 믿음도 크다. 이러한 성향적 특성 때문에 업무성과가 높게 나타난다. 이러한 금(金)의 특성은 장점이 된다.

금(金)인 사람들의 단점은 강하게 표출하는 경향이 있다는 것이다. 너무 강한 것은 부드럽게 휘는 게 아니라 부러지기 때문이다. 자기 생각대로 끝까지 밀고 나아가는 고집, 상황이나 주변을 충분히 고려하지 않는 융통성 부족, 자존심으로 말미암은 잘못된 선택 등은 마치 바위나 강철의 성질을 반영한 것 같다. 이러한 성향적 특성은 단점이 된다.

인간관계 측면에서 금(金)인 사람들은 매사 정확하고, 원칙을 준수해야 하고, 과감하게 결단을 내리고, 말보다는 행동으로 실행하는 것을 중요하게 생각한다. 하지만 외골수적인 기질 때문에 치우친 판단을 내릴 수 있다. 고집을 부리면 누구도 감당할 수 없기에 주변 사람이 힘들 수 있다. 금(金)인 사람들은 함께하는 주변 사람들의 의견을 수렴하는 자세가 필요하다. 또한 금(金)인 사람들과 소통할 때는 자존심을 상하게 하거나, 무시하는 태도와 언행을 삼가야 한다.

"내가 말이지, 자존심 하나로 버티며 여기까지 왔다구!"

수(水)인 사람들은 무엇이 다를까? 마지막으로 남은 수(水)인 사람들의 특성이 궁금해진다. 수(水)는 물상으로 표현하면 물이다. 강, 호수, 바다, 빗물 등이 여기에 해당한다. 물은 멈추면 썩는다. 멈추지 않고 계속 흘러가야 썩지 않는다. 물은 모양과 형태가 없다. 어떤 그릇에 담느냐에 따라 모양과 형태가 생긴다. 용도와 쓰임새도 달라진다. 무색과 무취를 가진 물은 순수하다. 이것이 바로 수(水)인 사람들이 가진 특성이다.

조금 더 현실적으로 말하면 수(水)인 사람들의 특성은 차분하다. 마치 잔잔한 호수 같다. 사건 사고를 만나더라도 차분하게, 세밀하게, 논리적으로 해결한다. 수(水)인 사람들은 깊은 바다 같다. 이러한 특성은 비밀 유지에 탁월하고, 다른 사람의 일에 괜스레 관여하여 왈가왈부하지 않는다. 사색과 명상을 즐기며 인생을 깨달아가는 모습은 수(水)인 사람들에게서 볼 수 있는 장점이다.

"여유 시간은 주로 책을 봐요. 요즘은 무협지를 읽는데, 흥미진진해서 매일 읽고 있어요."

수(水)인 사람들의 장점을 추가하면 흐르는 물처럼 환경 적응력이 빠르고, 심사숙고하는 능력이 탁월하며 주변 상황에 휘말리지 않고 스스로 중심을 잘 잡는다. 또한 다양한 분야에 관심이 많아 박학다식하다. 수(水)인 사람들은 특히 학문에 관심이 많고, 독서를 즐겨 한다.

물론 단점도 분석된다. 신중한 것은 좋은데 정도가 지나치면 일상이 진지하기만 하고, 논리성을 지나치게 따지면 고리타분한 사람으로 인식된다. 이러한 특성은 주변 사람들을 피곤하게 만들 수 있다. 수(水)인 사람들은 허세, 지나친 과장, 있는 척이나 아는 척을 하는 사람들을 무척 경계한다. 명확하게 공사를 구분하고, 빈틈이 없어 보이는 이미지 때문에 때로는 거리감을 느끼게 한다. 이것은 단점이 된다.

관계적 측면에서 수(水)인 사람들은 실수하지 않고, 신중하며, 상대방과 한 약속을 철두철미하게 지키는 특성이 있다. 특히 타인에게 피해를 주는 언행을 무척 싫어한다. 항상 어둡고 우울한 사람으로 인식될 수 있고, 재미없는 사람으로 분류될 수도 있다. 이러한 특성 때문에 다양한 사람과 적극적으로 교류하지는 않는다.

지금까지 간략하지만 '목화토금수'라는 각각의 오행이 가지는 특성과 성향에 대하여 알아보았다. 물론 이러한 내용은 명리학적인 관점으로 보는 특성이다. 동양학이나 명리학을 접하지 않아 낯설어 하는 이도 있을 것이고, 이런 학문이 있었냐며 새롭게 관심 갖는 이도 있을 것이다. 이 글을 쓰는 나도 명리학을 알아가는 초창기 시절에는 그랬다. 흥미롭고, 더 세밀하게 알고 싶고, 너무 궁금해서 늦은 밤까지 책을 놓지 못했다. 계속 빠져들게 만드는 매력이 바로 명리학이 가지는 이치인 것 같다.

명리학은 사람에 관한 공부다!

'나는 어떤 사람인가?'에 대한 해답을 명리학에서 찾을 수 있다.
명리학은 나 자신을 알고 이해하는 데 도움 된다.

당신은
어떤 사람인가?

"어떻게 명리학을 공부할 생각을 했어요?"

나는 경영학을 전공했고, 기업경영에 필요한 일들을 수행하면서 살아왔다. 이런 내가 업무적으로 전혀 관련이 없었던 동양학을 공부하고 박사 공부를 마쳤다고 말하면 사람들은 무척 놀라워한다. 기구한 사연이라도 겪은 것이냐고 물어보는 이들도 있다. 그러나 나에게는 구구절절한 사연이 없다. 그저 평범하게 살아왔을 뿐이다.

"뭐 큰일이라도 겪은 사람처럼 보이세요? 그냥 평범하게 살았어요. 명리학이 좋아서 공부하다 보니 여기까지 왔네요."

사람들은 명리학이나 사주 공부에 대하여 약간의 선입견을 품고 있는 것 같다. 박명한 인생 때문에 '사주 공부'를 했다고 생각한다. 롤러코스터처럼 희비가 엇갈리는 고단한 삶을 살았기에 명리학에 입문했으리라 추측하기도 한다. 명리학이 가진 신비함 때문인지 아무나 공부하는 학문이 아니라고 생각하는 사람들도 있다.

사람의 인생을 예측하고 분석한다는 점에서 명리학은 특별한 분야의 학문인 것은 맞다. 섣부르게 입문할 수 있는 분야가 아니라는 생각에는 나도 어느 정도 동의한다. 그렇다고 대단한 각오를 하고 공부를 시작해야 하는 것은 아니지만 공부의 끝이 보이지 않아 그만 포기해야 할지 계속해야 할지 고민될 때도 있는 게 사실이다.

내가 명리학에 입문하게 된 동기는 업무를 진행하는 과정에서 발생했다. 대학과 기업에서 강의할 일이 많았기에 자연스럽게 학생들이나 직원들과 소통할 일이 잦았다. 20대와 30대가 소통의 주류였는데 그들과 소통할 때 주로 듣게 되는 주제는 대부분 비슷했다. 적성과 진로, 취직 후 적응하는 방법, 연애와 결혼, 인간관계의 어려움 등이 핵심적인 고민거리였다.

A: 무슨 일을 해야 할지 모르겠어요.
B: 제가 무엇을 잘하는지 저 자신도 알지 못해요.

C: 직업 선택이 너무 어려워요. 딱히 하고 싶은 일이 없어요.

진로에 대한 고민은 비중이 높은 편이다. 당연하다. 인생을 살아가는 데 직업이 차지하는 비중이 얼마나 큰가? 아무리 좋은 직장이라고 하더라도 적성에 맞지 않다면 그만두기 쉽다. 높은 연봉에 웃음부터 나지만 자신의 재능적 한계를 느끼면 오래 버티는 것도 무척 고단한 일이 된다. 지금 하는 일에 만족하고 있다면 괜찮겠지만, 그렇지 않다면 하루에도 몇 번씩 고민에 빠진다. 현재의 일이 나한테 잘 맞는 일인지 아닌지, 내가 타고난 재능을 충분히 발휘하면서 살고 있는 것인지 아닌지, 이 일을 계속해야 하는지 빨리 다른 일을 찾아야 하는지 말이다.

나는 강의 콘텐츠를 기획하고 구상하면서 자연스레 개인의 성격, 적성, 진로 등에 관심을 갖게 되었다. 이러한 관심이 MBTI, 에니어그램, DISC 행동유형, 관상학, 혈액형, 명리학 등으로 확대되었다. 바로 인문학과 소통학이다.

또한 의도적으로 계획한 것은 아니었지만 운 좋게도 서양학과 동양학을 함께 공부할 수 있었다. 서양학과 동양학의 학문적 융합은 효용이 높았다. 청춘들과 소통할 때 MBTI와 명리학을 비교하여 폭넓게 상담할 수 있었고, 직원 채용 면접을 볼 때 지원자의 관상, 외적

이미지, 소통 기술, 자세와 태도 등 종합적인 면에서 평가하게 되었다. 나는 일상에서 명리학을 여러모로 유용하게 활용했다.

"나는 어떤 사람일까?"

인생을 살면서 누구나 자기 자신에 대하여 알고 싶을 때가 있다. 지금의 내 모습은 진짜 나의 모습인지? 급한 성격으로 타고난 것인지 아니면 치열하게 사느라 급한 성격으로 변한 것인지? 도대체 내가 잘하는 것은 무엇인지? 왜 나만 이렇게 사람들과 어울리는 것이 힘든지? 무엇을 하고 살아야 나답게 살 수 있는지?

끝도 없고 정답도 없는 고민으로 하루를 보낼 때가 있다. 자신에 대하여 궁금증을 가지고 알아가는 것은 좋다고 본다. 자신을 알아가는 방법이 각자 다르겠지만 남보다는 내가 가장 잘 알아야 하는 것이 아닌가 싶다. 내가 어떤 사람인지 명확하게 알아야 자기 경영을 잘할 수 있다.

명리학을 통해 도움받는 건 나 자신에 대한 것만으로 끝나지 않는다.
상대방을 이해하는 부분에서도 상당 부분 도움이 된다.

선천적인 성격을
분석하는 원리

"함께 일하고 싶은 직장 동료는 어떤 사람인가요?"

갈등 등 인간관계의 힘든 부분을 겪은 사람이라면 위와 같은 질문에 찰나의 고민도 없이 대답할 수 있다. 누구나 몸으로 겪은 사건 사고는 쉽게 잊을 수 없다. 특히 사람 때문에 밤잠 설치며 고민하고, 식욕이 떨어지고, 지옥 같은 시간을 보냈다면 알 수 있다. 자신과 잘 맞는 이는 어떤 사람인지, 잘 맞지 않는 이는 어떤 사람인지 말이다.

일반적으로 개인의 성격을 두 가지로 구분한다. 하나는 태어날 때부터 가지는 본성이다. 명리학의 원리에서 본성은 분석이 가능한 범주다. 성격이 원만한지 아닌지를 분별할 수 있다.

사주팔자의 구조적 특성에서 음양오행이 불균형적이고 치우친 경우는 원만하지 않은 성격으로 표출된다. 반대로 음양오행이 균형적이고 골고루 있는 경우는 원만한 성격으로 표출된다. 이러한 원리는 오행의 상생상극 원리를 기초로 한다. 태어날 때 음양오행의 구조가 어떻게 짜임이 되었는지가 본성적 성격을 결정하는 것이다.

성격 형성의 또 하나는 후천적인 것이다. 어떤 가정환경에서 태어나 성장하느냐에 따라서 성격은 충분히 바뀔 수 있다고 본다. 부모의 직업이나 경제적 환경, 형제자매의 존재 여부와 성격, 학창 시절의 환경, 잦은 실패와 배신감 등이 있다. 이러한 요건들은 선천적인 성격과 반대적인 것으로 후천적 성격을 이루는 데 중요한 요소가 된다.

A: 갑자기 왜 저렇게 변한 거야?
B: 말도 하지 마. 사람 잘못 만나서 저렇게 화만 내잖아. 얼마나 자주 싸우는지 몰라! 순한 사람이었는데 어떻게 저렇게 사나워졌을까!

명리학 이론에서 오행은 여러 가지로 해석된다. 오행으로부터 본성을 추론하는 것은 오행 이론의 부분적인 것이다. 개인의 사주팔자에서 오행의 존재 여부와 편중 여부로 성격을 완벽하게 분석하는 것은 불가능하지만 전반적인 기질과 특성, 장단점 등을 알 수 있다. 물론 제한적 정보임이 분명하지만, 개인의 타고난 본성을 알고자 노력하는 사람들에게는 그 가치가 충분하다.

"목(木)이 없는 경우는 어떤 성격적 특성으로 분석이 될까?"

목(木)이 없다는 것은 화(火)의 에너지를 공급해주는 원료가 없다는 것이다. 목(木)의 도움을 받거나 목(木)에게 의지할 수 없음을 뜻한다. 그리고 목(木)의 자극을 받는 토(土)는 자극받지 못한다는 것을 의미한다. 이러한 원리는 오행의 상생상극 원리를 바탕으로 한 것이다. 일상생활에서의 특성은 긴장감이 없거나 자신을 절제하는 힘이 약할 수 있다. 사주팔자에서 목(木)이 없는 경우는 일상생활에서 생기발랄함이 부족하거나 적극성과 진취적 기상이 부족할 수 있다.체계적으로 생각하거나 계획적으로 실천하는 부분이 약하다.

조금 더 보충 설명을 하자면 목(木)이 없는 경우는 상대방의 입장을 헤아리는 것이 쉽지 않아 상대방과 소통할 때 상호 공감이 잘 안 된다. 지속성을 요구하는 것에서 부족함을 느낄 수 있으며 성실함이 무기가 될 수 없다.

도전이나 모험에 대하여 소극적으로 대처하고, 단체·조직의 생활을 선호하지 않는 경향을 보인다. 개인의 영역과 전문성이 요구되는 분야에서 일하거나 혼자 집중하는 분야에서 일하면 월등할 수 있지만 협업이 필요한 분야에서는 약할 수 있다.

"저는 화(火)가 하나도 없어요!"

화(火)가 없으면 토(土)의 에너지를 공급해주는 원료가 없는 것이다. 화(火)의 도움을 받거나 화(火)에게 의지할 수 없음을 뜻한다. 화(火)의 자극을 받는 금(金)은 화(火)가 없어 자극받지 못한다. 일상생활에서 화(火)가 가진 열정, 사교성, 친화력이 부족하여 활동성이 떨어지고 소극적이다.

화(火)의 자극을 받는 금(金)은 뜨거운 열로 쇠를 녹여서 다양한 도구를 만들어야 하는데 뜨거운 열이 없기에 제대로 녹을 수 없다. 쇠는 곳곳에서 다양한 모양새로 쓰일 수 있는데, 화(火)로 녹이지 못하면 자기 구실을 하지 못하게 된다.

조금 더 보충 설명을 하자면 화(火)가 없는 경우는 문화나 예술적 기질이 약하다. 타인과 소통할 때 수동적이고 때때로 폐쇄적인 면이 있다. 두루두루 친하지 못하고 특정한 사람하고만 친하게 지내는 특

성이 있다. 따뜻한 사랑을 베푸는 것에 인색하고 받고자 하는 마음
이 강하다.

오행이 고루 분포되어 목, 화, 토, 금, 수를 두루 갖추고 있으면
인간관계에서 원만한 관계를 형성할 수 있다고 본다.

무존재 오행,
내가 되다

토(土)가 없다는 것은 금(金)에게 에너지를 공급해주는 원료가 없다는 뜻이다. 토(土)의 도움을 받거나 토(土)에게 의지할 수 없다는 것을 뜻한다. 토(土)의 자극을 받는 수(水)는 토(土)가 없어 자극받지 못하는 것이다. 이것은 중개자의 역할을 하는 토(土)의 글자가 없기에 일상생활이나 인생을 살아가면서 기복이 심할 수 있고, 이러한 현상으로 직장을 자주 옮기거나 거주지를 자주 이사하는 것으로 나타날 수 있다.

토(土)의 자극을 받는 수(水)의 입장에서 토(土)가 없으면 수(水)를 댐이나 저수지 등으로 가둬둘 수 없기에 건강상에 이상이 생길 수 있다. 직장인이라면 원활하게 역량을 발휘하지 못할 수 있다.

"토(土)가 하나도 없으면 어때요?"

보충 설명을 하자면 토(土)가 없는 경우는 무엇을 하든 불안정한 경향을 보일 수 있다. 일상에서 불안정하다는 건 새로운 환경에 적응하는 걸 두려워하고 사람을 잘 믿지 못하는 것이다. 인간관계 때문에 고민하거나 갈등하게 된다. 또한 상황을 파악하는 능력이 부족하고 현실감각이 둔한 특성이 있다.

"저만 금(金)이 없어요. 그래서 단순한가요?"

금(金)이 없는 건 수(水)에게 에너지를 공급해주는 원료가 없는 것이다. 금(金)의 도움을 받거나 금(金)에게 의지할 수 없음을 뜻한다. 금(金)의 자극을 받는 목(木)은 금(金)으로부터 자극받지 못한다. 이것은 금(金)이 상징하는 결과, 결실, 열매, 성과가 없음이다. 결단력이 부족하고 확고한 의지가 부족하다. 마무리를 잘하지 못할 수도 있다.

금(金)의 자극을 받는 목(木)은 금(金)이 없으면 능력을 잘 발휘하지 못하게 되거나 일에 대하여 불만족을 가질 수 있다. 보충하여 설명하면 금(金)이 없는 경우는 결단력의 부족으로 맺고 끊음이 약하고 냉철한 판단을 내리지 못할 수 있다. 다른 사람의 의견에 휘둘릴 수 있다. 겉으로 보기에는 강하지만 속마음은 너무나 여려 자기 실속을 챙기지 못한다.

"수(水)만 없어요. 다른 것은 다 있고요."

수(水)가 없는 경우는 목(木)에게 에너지를 공급해주는 원료가 없는 것이다. 수(水)의 도움을 받거나 수(水)에게 의지할 수 없음을 뜻한다. 수(水)의 자극을 받는 화(火)는 수(水)가 없으면 제대로 자극받지 못한다. 이러한 특성은 수(水)가 가진 여유, 휴식, 준비, 계획이 부족한 것으로 나타난다. 융통성이 부족하거나 논리적이지 못하다. 여유가 없거나 차분하지 못할 수 있다.

보충 설명을 하자면 수(水)가 없는 경우는 사람들과 자연스럽게 융화되지 못한다. 시대적인 마인드가 떨어져 고지식한 사람으로 보일 가능성이 크다. 융통성이 부족하여 주변인들로부터 답답한 사람이라는 소리를 듣는다.

불필요하게 하는 걱정, 일어나지도 않은 일에 대한 고민, 과도하게 많은 생각으로 말미암아 너무 진지한 사람이라는 인식을 갖게 한다. 이러한 특성으로 인간관계 자체가 힘들게 느껴진다. 특정한 것에 대한 강박관념을 가지거나 고정관념에서 벗어나지 못하는 특성으로 나타날 수 있다.

지금까지 사주팔자의 구조에서 무존재 오행으로 나타나는 성격적 특성에 대하여 살펴보았다. 무존재 오행을 통해서 개개인의 성격적 특성으로 자신도 몰랐던 나, 나의 잠재 능력, 나의 장단점에 대하여 깊이 사색할 시작점이 될 수 있다. 타인의 눈에 비추어지는 내가 아니라 나 자신의 눈으로 바라보는 나에 대하여 생각하는 시간을 갖게 한다.

또한 무존재 오행은 내가 가지지 못한 오행이기 때문에 단점으로 표출될 수 있다. 가지지 못했기 때문에 더욱 절실하게 가지고 싶은 마음이 생긴다. 따라서 일상에서 아쉬움, 집착, 미련 등으로 표출될 수 있다. 이러한 분석을 통해 자신이 타고난 단점을 들춰내는 것이 아니라 단점을 보완하고자 하는 방향으로 사용하는 것이 좋다. 단점이 없는 사람은 없다. 자신의 단점을 정확하게 인식하고 이를 인정하면서 극복해가는 것도 꼭 해야 할 일 중 하나다.

누구나 모난 사람보다는 둥근 사람을 좋아한다!

재관쌍미,
귀한 사주라고 했는데!

상담가: 사주가 등라계갑이라 아주 좋군요.

고객: 등라계갑이요? 그게 뭐예요?

상담가: 넝쿨나무가 큰 나무를 타고 올라가니 얼마나 좋아!

사주 상담은 알아야 할 이론이 정말 많다. 음양오행, 60갑자, 대운, 세운, 격국, 용신, 신살, 공망 등 광범위하게 공부해야 한다. 이론 공부를 마쳤다고 상담을 바로 할 수 있는 것도 아니다. 고객을 상담하기까지는 꽤 긴 시간 이론과 현실이 잘 맞는지 검증 작업에 매달려야 한다. 사주 상담 공부가 그래서 만만치 않다. 몇 달 책 본다고 이론 공부가 순조롭게 끝나는 것도 아니고, 이론 공부를 끝내도 고객의 질문에 시원하게 대답할 수 있는 것도 아니다. 제대로 하자면 녹록지 않은 준비 과정을 거쳐야 하는 분야다.

사주의 이론 중에는 사자성어로 구성된 용어가 많다. 독자들도 한 번쯤 들어봤을지 모르겠다. 등라계갑(藤蘿繫甲), 재관쌍미(財官雙美), 명관과마(明官跨馬), 벽갑인정(劈甲引丁), 군겁쟁재(群劫爭財), 탐재괴인(貪財壞印), 관살혼잡(官殺混雜), 부성입묘(夫星入墓), 모자멸자(母慈滅子) 등이다.

용어는 사주가 가진 특징을 규정하거나 사주 구조의 격국을 분류할 때 주로 사용된다. 사주가 귀하거나 천하다, 청하여 깨끗하거나 탁하여 깨끗하지 못하다 등으로 표현할 때 용어를 거론한다. 또한 사주원국이 가진 구조적 특성을 가리킬 때 언급한다. 상담가가 용어의 뜻과 의미를 고객에게 자세히 설명하지는 않지만 명리학 이론을 근거로 말하는 것은 확실하다.

"귀격 사주야. 재관쌍미라 아주 좋아. 아쉬울 게 없다구!"

사주 분석으로 나 자신을 알 방법은 다양하다. 음양의 비율로 성격과 특성을 분석하는 방법이 있고, 나를 뜻하는 일간의 글자로 분석하기도 하고, 때로는 월지의 글자로 추론하기도 한다. 사주 구조가 가진 오행의 치우침이나 조화로 분석할 때도 있고, 사주 구성의 오행 중 도화, 역마, 화개 등으로 분석할 때도 있다. 또한 사자성어 용어로 분석할 수도 있는데 이 경우는 통상 전문교육을 이수한 사람들이 사용하는 방법에 해당한다.

'등라계갑(藤蘿繫甲) 가춘가추(可春可秋).'

등라계갑은 일간이 을(乙)인 사람들에게만 해당하는 용어다. 의지할 곳 없고 쇠약한 을(乙)이 갑(甲)을 올라타고 성장하니 을(乙)에게 갑(甲)은 든든한 버팀목이 된다는 의미다. 그래서 이러한 구조를 가진 사주를 좋다고 표현한 것이다.

명리학 고서 중에 《적천수(滴天髓)》라는 책이 있다. 중국 명나라 때 저술된 책으로 저자가 '유백온(劉伯溫)'이다. 이 책은 사주 해석이 상세하게 기록된 고서로서 유명한데, 지금도 수많은 학도가 사주 해설을 보기 위해 공부하는 책으로 널리 쓰인다.

《적천수》〈을목편(乙木篇)〉에 이르기를 '등라계갑 가춘가추'라고 했다. 이 구절을 해석해보면 '을(乙)이 갑(甲)을 만나 등라계갑을 하면 봄이든 여름이든 계절에 상관없이 잘 자란다'로 해석할 수 있다.

혼자 힘으로 위로 쭉쭉 뻗어나가기 어려운 을(乙)은 자신보다 키도 크고 몸짓도 좋은 갑(甲)을 타면 충분히 더 높은 곳까지 나갈 수 있다. 갑(甲)으로 말미암아 더 높은 곳까지 올라갈 수 있고, 태풍이 와도 덜 흔들리고, 높은 곳에 오르니 햇빛도 잘 받을 수 있다. 두루두루 좋은 것이 많다. 을(乙) 입장에서 갑(甲)은 귀중한 존재가 된다. 그래서 '등라계갑'이라서 좋은 사주라고 말하는 것이다.

등라계갑의 사주 구조를 가지고 있다면 형제나 주변의 도움을 충분히 받을 수 있다고 본다. 특히 사업을 하는 사람은 주변 사람을 통하여 충분히 탁월한 성과를 낼 수 있다. 을(乙)은 생존력과 적응력이 뛰어난 성향이 있는데 주변의 도움까지 받으니 그야말로 금상첨화(錦上添花)다. 등라계갑의 사주가 이렇게 좋게 해석된다.

내 사주는 욕심이 과하면
탈이 생긴다는 탐재괴인

등라계갑의 사주를 설명했지만 명리학에서는 이외에도 사주 구조 분류가 매우 다양하다. 추가적인 사례를 들자면 재물(정재)과 직업(정관)이 아름답게 자리하고 있어서 좋다고 말하는 재관쌍미(財官雙美) 사주가 있다. 이 사주 구조는 필요한 요건을 갖추면 깨끗하고 정당하게 돈을 벌고 권력을 얻는 특성이 있다고 판단한다. 한마디로 상격의 사주다.

탐재괴인(貪財壞印)의 사주도 있다. 탐재괴인은 재물이나 여자를 탐하여 학문, 명예, 인성이 무너지는 것으로 해석한다. 현대적으로 표현하자면 지나치게 돈 욕심을 부리다 불명예스럽게 퇴직하는 것이다. 남자라면 돈과 여자 때문에 나쁜 일에 휘말려 큰 곤경에 처할 수 있다고 분석하는 사주 구조다. 욕심도 적당하게 부려야 한다는 경각심을 심어준다. 과도한 욕심이 오히려 나 자신에게 치명타를 가져올 수 있다.

모자멸자(母慈滅子)도 있다. 모자멸자는 어머니의 지나친 사랑 때문에 자식을 망친다고 풀이한다. 부모의 사랑이 오히려 자식에게 해가 되는 것이다. 왕자병, 공주병, 마마보이 등에 해당할 것이다. 자식의 인생에 어머니의 후원과 영향력이 지나치면 좋을 게 없다는 교훈을 남긴다.

모자멸자의 구조를 가진 사주 주인공이라면 자립심이 부족하고, 스스로 해내고자 하는 마음이 약하다. 사소한 것까지 어머니를 의지하려는 경향이 강하니 치열하게 경쟁하며 성장해가는 현실에서 충분히 단점으로 표출될 수 있다.

"명관과마! 신랑이 승승장구하겠어요!"

명관과마(明官跨馬)는 사주팔자의 천간에 있는 관성이 지지의 재성으로부터 도움을 잘 받는다는 뜻이다. 여자의 사주에서 명관과마의 구조를 가진 경우는 남편이 말 위에 올라타는 벼슬이니 사회적

지위가 높다고 해석된다. 한마디로 남편이 크게 출세하는 것이다. 남자의 사주가 명관과마의 구조라면 아내의 내조 때문에 남편이 높은 직위를 얻어서 성공한다고 해석한다. 성공의 숨은 공신은 아내가 되는 것이다.

"관살혼잡이라 남자 친구 사귈 때 신중할 필요가 있어요."

관살혼잡(官殺混雜)은 많이 알려진 이론 중 하나다. 관살은 정관과 편관을 의미하고, 혼잡은 섞여 있음을 뜻한다. 관살혼잡은 결국 사주에 정관, 편관이 섞여 있음을 가리킨다. 그런데 관살혼잡을 왜 나쁜 쪽으로 말할까?

명리학 원리상 여자의 사주에서 관성이 섞여 있으면 좋은 작용보다 나쁜 작용이 많다고 본다. 연애하고 결혼생활을 하는 데서 번잡한 일들이 생길 수 있고, 남자로 말미암아 힘든 삶을 살 수 있다고 해석한다. 그렇기에 관살혼잡의 사주 구조를 가졌다면 남자를 선택할 때 특히나 많은 주의가 필요하다.

관살혼잡은 남자의 사주에서도 직장이 안정되지 않아 수시로 옮길 수 있고, 업무가 많아 일에 치이며 살아갈 수 있다고 해석한다. 일이라는 것이 적당하게 있어야 좋은데, 너무 많아 자기 스스로 통제하기 힘들다면 일에 쫓기게 되는 것이고, 넘치는 일 때문에 건강이 나빠질 수도 있다. 관살혼잡의 이러한 해석은 결국 좋은 점보다는 나쁜 점이 많다는 것이다.

지금까지 사주원국이 가진 구조적 특성을 간략하게 살펴보았다. 명리학은 용어의 가짓수도 많고, 사주 구조마다 글자 간 작용력도 미세하게 다르다고 판단한다. 또한 학문이 가지는 이론적 가치와 현실에서 일어나는 작용이 완벽하게 일치하는 것은 아니다. 작용에 대한 증감현상이 나타난다. 똑같은 생년월일시에 태어났다고 하지만 살아가는 환경이 다르면 현실에서 발생하는 작용도 다르게 나타난다.

앞서 말한 사주의 구조적 특성과 용어에 내포된 의미는 명리학자나 전문 사주 상담가가 아니라면 접근하기 어려운 독특한 내용이다. 나는 향후 명리학이 더욱더 실용적인 학문으로 발전하여 누구나 쉽게 공부할 수 있고, 동양학이라 더 편하다 느낄 수 있도록 시장에서 자리매김하길 바란다. 자기 자신도 알지 못했던 성격적인 특성·장단점·심리적 표출·타고난 개성 등을 바로 알고, 미래를 대비하고 준비하면서 더 나은 사람으로 변해가는 과정에 명리학적 이론과 원리가 활용되길 고대한다.

궁합이 영원성을 의미하는 것은 아니다.
좋은 궁합도, 좋지 않은 궁합도 각자의 사주에서 흐르는
운에 영향받을 수 있다.

궁합,
볼까? 말까?

"자매 맞아요? 얼굴도, 식성도 참 다르네요."

이 세상에 나와 똑같은 사람은 없다. 같은 부모에게서 태어났지만 형제지간에도, 자매지간에도 서로 다른 부분이 많다. 유아기 때는 형성되지 않았던 성격, 습관, 분위기, 매력 등이 성장 과정을 거치면서 자신만의 두드러진 성향으로 자리를 잡을 수 있다. 한날한시에 태어난 쌍둥이도 똑같지 않은데 형제라고 해서, 자매라고 해서 어떻게 같겠는가!

서로 다른 게 많으면 맞춰야 할 것도 많다. 평생을 함께하는 가족

이더라도 다른 부분이 많으면 힘든 것은 매한가지다. 식성이 달라서 힘들고, 말하는 스타일이 달라서 힘들고, 직업관이 달라서 이해되지 않을 때도 많다. 가족이니까 이해하고자 애쓰지만, 한 공간에서 사는 것이 부대끼니 힘들다. 별거 아닌 것을 가지고 싸울 때도 많다.

"왜 자꾸 치약을 이렇게 짜는 거야? 밑에서부터 짜라고 했잖아. 아휴, 하나부터 열까지 맞는 게 하나도 없어!"

'궁합(宮合)'이라는 말이 있다. 궁합은 '혼인할 남녀의 사주를 오행에 맞추어 보아 부부로서의 좋고 나쁨을 알아보는 점'이라는 사전적 의미를 가진다. 사람 간 관계가 눈에 보이든 보이지 않든 좋고 나쁨의 뭔가가 있고, 이 뭔가는 부부생활에 밀접하게 영향을 미치기 때문에 선조들은 부부의 연을 맺을 때 궁합이 좋아야 한다고 생각한 것이다.

일상생활에서 듣게 되는 '찰떡궁합'도 넓은 의미에서 궁합을 뜻한다. 현대사회에서는 부부 궁합만이 중요하다고 생각하는 것이 아니라 연애 궁합, 친구 궁합, 가족 궁합, 동료 궁합, 모임 궁합 등 좋은 궁합에 대한 절실함이 넓어지고 있다. 다양한 사람과 교류하면서 별별 일이 생기다 보니 궁합이라는 것이 민감하게 인식되기 때문이다. 좋은 궁합에 대한 니즈(Needs)와 원츠(Wants)가 표면적으로 표출되고 있다.

궁합은 나와 상대방의 관계를 따져보는 것이다. 나와 상대방의 관계를 따져본다는 것은 둘의 관계에서 어떤 좋은 부분이 있을지, 어떤 불편함이 있는지, 관계가 깊어져도 좋을지, 시간이 지나면서 갈등이 많아질지, 어떤 부분에서 다르고 어떤 부분에서 비슷한지를 알아보는 것이다. 이러한 점을 분석하는 것이 궁합이다 보니 부부 궁합에만 한정되는 것이 아니라 인간관계, 동료관계, 비즈니스 협력 관계로 범위가 넓어지고 있다.

명리학은 사람과의 관계, 즉 궁합을 판단하는 몇 가지 기준을 가지고 있다. 인간관계에서 성격, 취향, 가치관, 추구하는 삶의 지향점, 인간관계, 업무 스타일, 대화 방법 등 종합적으로 분석하고 검토한다. 궁합의 분석 결과를 긍정적으로 활용한다면 장점이 많다. 상대방에 대한 이해, 쌍방 간의 주의할 점, 관계적 효율성을 높일 방안들을 찾을 수 있기 때문이다. 좋은 방향으로 쓰고자 하는 마음이어야 한다.

"궁합을 꼭 볼 필요가 있을까?"

궁합의 중요성을 인정하고, 궁합에 대한 필요성을 인식하는 연령대는 한창때의 젊은 사람들보다 어느 정도 나이가 있는 사람들이다. 통상 40대 이후라고 볼 수 있다. 이들은 인생을 살아보니 궁합이라는 것이 생활 중에 실제로 작용한다는 걸 느끼게 된다. 나이가 들면서 부부 사이 혹은 주변인들 사이에서 발생하는 힘든 일들을 직접 겪고 산다. 그러면서 궁합이라는 것을 절대로 무시할 수 없다고 생각하게 된다. 지식으로 아는 것이 아니라 실제로 경험해보니 궁합이 중요하게 작용한다는 걸 몸으로 깨닫는 거다.

"겪어보니 궁합이 중요하더라구요."
"맞아요. 궁합이 좋아야 힘든 일이 생겨도 무탈하게 지나가고, 덜 싸워요."

물론 궁합을 부정하는 사람도 있다. 인간관계에서 궁합을 따지는 것보다 서로를 배려하는 마음, 관계를 조율하는 지혜가 중요하다고 강조하는 사람도 많다. 틀린 말은 아니다. 궁합을 따지기 전에, 인간관계에서 서로를 배려하고 존중해야 하는 것은 기본이 된다. 이러한 기본만 잘 지키면 궁합을 운운할 필요도 없을지 모른다. 또한 궁합을 보는 것이 필수사항도 아니고, 궁합을 보지 않는다고 해서 잘못된 것도 아니다. 궁합을 보든 안 보든 개인적으로 선택해야 하는 소소한 일상 중의 하나일 뿐이다.

좋은 궁합은
서로를 돕는다

"연애하면 마냥 좋기만 할 줄 알았는데 왜 이렇게 힘든 거예요? 나는 연애도 결혼도 잘 안되는 사람인가 봐요!"

한쪽으로 치우친 연애는 불만족이 커진다. 두 사람의 관계에서 밸런스가 무너지면 감정의 균열이 생기고, 그러한 감정은 시간이 지날수록 어느 방향으로 표출될지 모른다. 서로에 대한 불만족으로 대화가 거칠어지거나 단절될 수 있고, 매사 언행에 대하여 불만이 생기거나 잦은 다툼으로 변질될 수 있다. 결국 관계에 위험을 알리는 적색등이 켜진다.

연애에서도 부부생활에서도 적색등이 켜진다는 것은 심리적으로 힘들다는 것을 의미한다. 상대방에 대해 충분히 알고 있다고 생각했지만, 도저히 이해할 수 없어 힘든 시간을 보내야 한다. 행복해지고자 시작한 연애가, 마냥 좋기만 할 줄 알았던 결혼이 원래 의도와 다를 때 막막해진다.

서로의 합이 맞지 않아 힘들 때 연애는 이별하면 그만이다. 각자 다른 길이나 다른 사람을 선택하면 된다. 하지만 결혼은 사정이 다르다. 둘만의 관계를 끝내면 다행이지만 자녀가 있다면 문제가 복잡해진다. 이별도 심플하게 선택할 수 없다. 미로에 갇혀버린 것처럼 길을 헤매고 또 헤맬 수 있다.

실상 30년 넘도록 다른 방식으로 살아오던 사람끼리 결혼을 통해 같은 공간에서 살아야 한다는 것은 쉽지 않은 일이다. 기상 시간, 식성, 소통 방식의 차이 등 라이프 스타일 자체가 전혀 다른 사람이라면 불편함은 한층 더 커진다.

한정된 공간에서 함께 사는 것은 힘든 일이다. 매사 충돌할 수밖에 없는 원인이 된다. 서로의 의견을 맞춰가면 되지 않겠냐는 야무진 생각을 하지만, 오래가지 못하고 두 손 들어야 한다. 서로가 잘 맞추고자 노력하면 좋겠지만 한쪽에서 일방적으로 맞추어야 하는 관계라면 밸런스가 무너지는 것은 시간문제다.

명리학적 관점에서 궁합은 중요하다. 궁합은 혼자의 문제가 아니기 때문이다. 두 사람의 인생을 결정짓는 것이고, 두 사람을 통해 출생하는 자녀의 문제가 되는 것이다. 가족관계가 되는 것이다.

나 혼자 잘한다고 마음의 간격이 좁혀지는 것도 아니고, 상대방이 나를 좋아한다고 해서 내 마음이 열리는 것도 아니다. 마음의 전기가 잘 통하려면 뭔가 끌리는 힘이 있어야 한다. 연애의 궁합은 서로 마주 보면 전기가 잘 통할 수 있는 관계인지를 보는 것이고, 결혼의 궁합은 세월이 흘러도 끊임없이 전기가 잘 통할 수 있는지를 보는 것이다.

명리학에서 남녀의 합은 음양에서 출발한다. 세부적으로 궁합을 분석하려면 나를 의미하는 일간의 글자를 알아야 한다. 바로 일간의 글자와 전기가 잘 통하는 글자가 따로 있기 때문이다.

가령 남자의 일간이 '갑(甲)'이라는 글자이고, 여자의 일간이 '기(己)'라는 글자라면 서로 마음이 잘 통하고, 생각도 잘 맞고, 추구하는 가치관도 비슷하다. 이러한 해석은 명리학적 용어로 일간의 합이다. 이러한 남녀는 서로 사랑하는 관계가 되고, 뜻이 잘 맞아 결혼하더라도 의사소통이 잘되는 사이라고 본다. 소통할 때 다툼이 덜하고, 사소한 것으로 갈등을 키우지 않는다. 한마디로 좋은 궁합이다.

궁합이 좋다는 말은 구조적인 걸 의미하는 것이다. 글자와 글자를 대비하여 좋은 관계적 구조를 가져야 한다. 궁합은 일간의 글자가 합이 되면 좋다. 이는 상대방이 나를 '생(生)'해주거나 내가 상대방을 '생'해주는 구조다.

이러한 구조는 서로를 보살피고, 챙겨주고, 신경 써주고, 도와주는 것을 의미한다. 집안 살림을 하더라도 나누어서 하고, 육아를 하더라도 도우며, 가족의 일에 나서주는 행동들은 내 편이라는 것을 느끼게 한다. 구조적으로 좋은 궁합은 가족이 남의 편이 아니라 진짜 내 편이라는 것을 스스로 느끼는 일이 많다. 나를 돕고, 내 입장에서 힘이 되어준다. 물론 이런 해석은 명리학적 관점이다.

명리학 이론으로 좋은 궁합은 이외에도 일지의 글자, 월지의 글자, 사주팔자 오행의 분포도 등 종합적인 분석에서 판단한다. 개인의 사주에서 가지는 특성에 따라 해석이 달라지기 때문에 단편적으로 규정할 수 없다.

관계에서 궁합이 좋지 않다고 분석하는 이론도 살펴볼 필요가 있다. 일간에 해당하는 글자가 서로 '충(沖, 충돌하는 것)'은 피해야 한다고 말한다. '충'이라는 표현은 명리학에서 사용하는 전문용어다. 명리학이 낯선 이들은 글자의 충으로 궁합이 좋지 않다고 해석하는 것에 대하여 이해가 쉽지 않을 것 같다.

이해를 돕기 위해 간략하게 예를 들자면 남자의 일간이 '임(壬)'이라는 글자이고 여자의 일간이 '병(丙)'이라는 글자라고 가정해본다면, 명리학 원리에 의하여 임이라는 글자와 병이라는 글자는 서로 충돌하는 관계가 된다. 충돌하는 글자는 갑(甲)과 경(庚), 을(乙)과 신(辛), 병(丙)과 임(壬), 정(丁)과 계(癸)가 있다. 이러한 원리에 의하여 관계적 긍정과 부정을 판단하게 되는 것이다.

궁합이 좋지 않다고 하는 것은 현실적으로 처음에는 친밀하고 좋으나 시간이 지날수록 무난한 관계 형성이 어렵고, 다툼을 계속 반복하거나, 뜻과 의견이 다르고, 심리적인 갈등이 증폭될 수 있다고 본다. 내 편인 줄 알았지만 남의 편처럼 느껴져 실망, 오해, 포기 등의 감정에 휩싸이기 쉽다.

궁합을 보는 이유는 무엇인가? 궁합을 보는 이유는 사람의 관계에서 지금은 좋은 관계이지만 시간이 지난 훗날에도 좋은 관계로 유지될 수 있을지에 대한 불안감이 존재하기 때문이다. 그렇기에 현재를 기준으로 해서 보는 것이 아니라 시간이 흐른 뒤에도 무탈한 관계가 될 수 있을 것인가에 대하여 살피는 것이다. 지금 당장도 중요하지만 세월이 흘러도 변하지 않아야 하기 때문이다.

"궁합이 나쁜 사람은 모두 악연이 되나요?"

전혀 그렇지 않다. 명리학에서는 궁합이 좋지 않다고 해서 악연이라고 단정하지 않는다. 또한 궁합이 좋다고 해서 평생 부부간에 갈등도 없고, 다툼 없이 잘 산다고 말하지 않는다. 사람이기 때문에 아무리 궁합이 좋다고 한들 흔하게 벌어지는 부부간 갈등이나 다툼 없이 산다는 것은 불가능하다. 궁합 또한 정도에 맞게 생각하고 적용할 필요가 있다.

좋은 관계를 유지하는 것에는 궁합을 떠나 어느 정도의 노력이 필요하다. 서로에게 어떤 영향을 미칠 것인지, 좋은 관계를 유지하기 위해 어떤 노력을 할 것인지, 어떤 스타일로 소통할 것인지에 따라서 상호 간의 관계성은 소소하게 달라질 수 있다. 궁합을 보거나 보지 않는 것은 선택이지만 상대방과 좋은 관계를 만들어가고자 하는 마음과 노력은 필수다!

궁합을 보는 것도, 보지 않는 것도 선택에 달렸다.
하지만 상대와 좋은 관계를 만들어가고자 하는 마음과
그 노력은 선택이 아닌 필수다!

동료 궁합은
팀워크다

사연자: 병원에 취업한 지 한 달 되었는데요. 너무 힘들어서 직장을 그만 두려고요.

상담가: 왜 그런 결정을 했는지 자세하게 물어봐도 될까요?

사연자: 환자들에게 친절히 대한다고 절 왕따시켜요. 단지 제가 환자들에게 친절하다는 이유 때문에요. 상냥하게 동료들에게 말을 걸어도 대꾸하지 않아요. 나중에 알고 보니 수간호사가 시켰더라구요. 아무도 저한테 말 걸지 말라고 했더라구요.

기막힌 사연이다. 간호사가 환자에게 친절하게 대한다는 이유로 왕따를 시키고 말도 걸지 말라고 했다니. 이 사연은 내가 직접 상담한 내용이다. 사연의 주인공은 사직서를 제출하던 날 얼마나 많이 울었는지 모른다고 말했다. 새롭게 취업한 직장이라 잘 적응하고 싶어서 무던히 애썼던 한 달이 영화처럼 스쳐 지나가는데, 눈물이 폭포수처럼 왈칵 쏟아져 주체할 수 없었다고 했다.

사연자: 저랑 수간호사랑 궁합이 얼마나 나쁜지 너무 궁금해요. 얼마나 상극이기에 제가 한 달 만에 사표를 써야 했는지 너무 알고 싶어요. 말씀 해주실 수 있죠?

사직서를 제출한 지 한참이 지났지만 근무하는 동안 겪은 힘든 일들이 마음에서 쉽게 지워지지 않아 고통스럽다고 했다. 스쳐 지나 간 인연에 불과하지만 수간호사와의 궁합을 확인하고 싶다며 두 사람의 생년월일이 적힌 쪽지를 내밀었다.

어렵게 면접 보고 합격해 출근했을 텐데 정작 일다운 일은 해보 지도 못하고 사표를 냈다. 그간의 일들을 겪으며 수간호사의 생년월 일까지 준비한 것을 보면 상처가 크게 자리 잡았다는 것을 알 수 있었다. 사연자는 사람에 대한 원망과 불신이 계속되지 않을까 싶다.

사연자: 저는 유통 회사에 다니는데요. 팀장님 때문에 힘들어서 궁합을 보고 싶어요.

상담가: 팀장님이 무엇 때문에 힘들게 하는지 말씀해줄 수 있어요?

사연자: 팀장님 밑에 팀원이 세 명 있어요. 여자 선배, 저와 신입사원이 있어요. 그런데 팀장님이 팀원들을 동등하게 대하지 않고 편애를 너무 심하게 해요. 저나 신입사원한테는 관심이 없어요. 오로지 여자 선배만 챙겨요.

상담가: 팀장님이 어떤 방식으로 대하죠?

사연자: 저와 신입사원이 실수하면 막 화를 내요. 여자 선배는 실수해도 아무렇지 않게 넘어가고요. 좋은 프로젝트가 있으면 저희한테는 의사도 물어보지 않고 여자 선배에게 배정해요. 회식은 여자 선배 위주로 메뉴를 결정하고, 회식 날짜를 결정해요. 이렇게 저렇게 편애하는 것이 한두 가지가 아니에요. 그래서 팀장님이랑 궁합이 궁금해요.

이 사연은 팀장과의 궁합을 묻는 사연이다. 팀원 중 한 사람이 팀장의 사랑을 독차지하거나, 매번 특정 팀원만 유난히 챙긴다면 누구라도 서운한 마음이 들게 마련이다. 특히 공사를 구분하지 않고 특정인의 편을 든다면 서운한 감정에서 끝나는 것이 아니라 미움의 감정으로 응어리질 수 있다. 팀장의 이러한 행태와 태도는 궁합을 거론하기 전에 직장인으로서 갖추어야 할 마인드와 덕목으로 적합하지 않다.

사주 상담에서 직장 내 동료들 간의 궁합에 대한 상담도 적은 것은 아니다. 대부분의 사람은 동료와 문제가 생겨도 표면적으로 어려운 점들을 드러내지 않을 때가 많다. 아무 일 없는 것처럼 대하지만 속으로는 힘든 점이 참 많다. 물론 직장에 다니며 속 편하게 주변인들 눈치 안 보고 출근하는 사람이 있을까? 감히 단언하건대 단 한 사람도 없다.

할 말과 하지 말아야 할 말에 대한 경계선 때문에 주저해야 하고, 혹여라도 하고 싶은 말을 시원하게 쏟아내고 난 후라면 더 걱정이다. 관계가 서먹해지면 그것도 골치 아프다. 이것저것 따지다 보니 하고 싶은 말이 있어도 꾹 참아야 한다. 이러한 상황이 반복되다 보면 마음이 곪아가거나 화병이 생긴다. 사람에게 다친 상처는 쉽게 낫지도 않는다.

부부나 연인의 관계에서는 갈등과 문제가 발생하면 허심탄회하게 대화라도 할 수 있지만 현실적으로 직장 내에서는 그런 대화를 나누기란 어렵다. 위 사연자들처럼 직장 내 인간관계의 답답함이나 피로함으로 말미암아 동료 간의 궁합이 궁금한 것은 충분히 이해된다.

"직장 동료와 궁합이 잘 맞아 일하는 것이 편해요."

동료 궁합이 좋은 경우 나타나는 대표적인 특징이 있다. 함께하는 팀원들과 소통이 원활하다. 비록 개인적으로 개성이 강하다고 하나 구성원과의 궁합이 좋으면 독특한 개성도 원만히 묻힌다. 부정적으로 보는 것이 아니라 긍정적으로 보게 되는 원리를 가졌기 때문이다. 소통이 원활하다는 건 상대에 대한 존중이 있어야 가능하다.

참 이상하다. 내 눈에 예쁜 사람은 이상한 짓을 해도 예쁘게 보인다. 내 눈에 미운 사람은 예쁜 짓을 해도 밉게 보인다. 사람 마음이 이렇다. 예쁘게 보이느냐, 밉게 보이느냐는 단지 마음으로만 결정하는 것이 아니라 명리학 원리에서는 궁합과 관계가 있다고 본다.

또한 직장 동료와 궁합이 좋은 경우 팀의 성과가 향상된다. 높은 성과를 얻기 위해서는 일을 추진해가는 과정에서 혼자만 잘한다고 되는 것이 아니다. 팀워크가 활성화되고, 서로에게 좋은 영향력을 주고받아야 가능하다. 또한 이러한 복합적인 것들은 팀문화, 조직문화를 만든다. 좋은 동료 궁합은 삐걱거리는 소리가 나는 것이 아니라 잘 맞는 톱니바퀴와 같이 맞물린다. '손뼉도 마주쳐야 소리가 난다'라는 속담처럼 서로 합심해서 좋은 성과를 내는 관계다.

"지금 다니는 회사는 일이 고되고 힘들지만 함께 일하는 동료들이 너무 좋아서 이직할 마음이 없어요. 마음이 잘 맞아서 결과도 잘 나와요."

동료 간의 궁합은 중요하다.
상사와 부하 간이든, 동료 간이든 서로에게 힘든
대상자가 있다는 것은 얼마나 피곤한가!

가족 궁합은
소통과 불통이다

궁합이 중요하다고 하나 부모와 자식 간에도 궁합이 필요할까? 부모와 자식 간에도 궁합을 따지고 살아야 하는 것인지, 궁합이 좋으면 좋겠지만 궁합이 나쁘면 어떻게 해야 하는지도 궁금해하는 사람이 많다. 이 세상의 모든 가정이 행복하고 좋은 것만은 아니지 않나! 행복이 넘치는 가정도 있지만 반대로 불행이 가득한 가정도 많다.

가족의 불행은 어디에서 시작되는가? 부부관계가 나빠서 자식과의 관계도 악화되는 경우가 있다. 부부 사이는 좋으나 부모 자식 사이는 나쁜 경우도 있다. 더 심한 경우는 가족 때문에 고통받으며 살아가야 하는 것이다.

부모 빚을 갚느라 자식이 평생을 빚에 쫓기며 살아가는 경우도 있고, 반대로 자식 빚 갚느라 부모가 집도 팔고 논밭도 팔아가며 빚에 시달리는 경우도 있다. 이러한 힘든 상황은 자신이 직접 겪지 않으면 실감하고 이해하기 어려운 고통이다. 가족이라고 하는 울타리가 좋을 때도 있지만, 가족이라는 울타리 자체가 부담일 수도 있다.

사연자: 선생님, 저는 가족 전쟁터로 출근해요.

상담가: 가족 전쟁터요?

사연자: 아버지는 사업체를 오빠한테 물려주려고 하는데, 오빠는 제가 같이 일하는 것이 못마땅해서 저를 쫓아내려고 해요. 오빠는 제가 출근해서 퇴근할 때까지 저를 감시하고, 작은 실수라도 저지르면 아버지한테 바로 보고해요. 아버지는 오빠 말만 듣고 저를 문제만 일으키는 멍청한 자식으로 취급하세요. 오빠는 아버지 회사를 혼자 다 갖겠다는 욕심 때문에 오로지 저를 쫓아내겠다는 일에만 혈안이 되어 있어요. 가족이 뭐 이래요? 남보다 못하잖아요. 어떻게 오빠라는 사람이 동생을 빈털터리로 내쫓고 아버지 재산을 독차지하려고 하냐고요! 하나밖에 없는 동생을요.

이 사연은 실제 상담한 내용 일부다. 수백억이 넘는 부자 아버지에게 자식 두 명이 있다. 아버지는 유능한 자식에게 가업을 물려주겠노라 공언했고, 그에 따라 서로 치열한 경쟁 구도에 놓이게 되었다. 그 과정에서 첫째는 아버지의 가업 전부를 혼자 물려받겠다는 욕심으로 동생을 무능력하고 형편없는 사람으로 몰아갔다. 동생은 몇 년째 전쟁 같은 삶을 살고 있다. 지뢰밭 한가운데 서 있어서 지뢰가 언제 터질지 몰라 매 순간 두렵다고 말한다. 이러지도 저러지도 못하는 힘없는 동생이 오빠에게 아우성을 친다. "제발 그만 좀 해!" 라고.

오빠는 동생의 고통에는 관심도 없다. 서로를 감싸주고 챙겨야 할 가족이 아니라 싸워서 이겨야만 하는 적일 뿐이다. 이런 상황이라면 사연자가 아닐지라도 가족에 대한 사랑과 믿음을 지켜가기란 불가능할 것이다.

가족은 단순한 혈연관계를 넘어 시간과 공간을 함께하는 특별한 관계다. 가족 구성원이 된다는 건 내가 원한다고 되는 것도 아니고, 내가 원하지 않는다고 해서 가족 구성원으로부터 해방되는 것도 아니다. 하늘이 맺어준 천륜이다.

가족 간에도 궁합을 따져야 할까? 가족 궁합까지 따지는 것은 너무 삭막한 거 아닌가! 1년 동안 명절에 만나는 것이 전부이고, 서로 왕래하지 않는다면 가족 궁합이 큰 영향을 주지 않는다.

하지만 한 집에서, 한 공간에서 얼굴 맞대며 살아가는 가족이라면 사정은 달라진다. 빈번한 가족 행사로 만나야 할 시간이 많으면 많을수록 가족 궁합이 중요하게 작용할 수 있다. 더 힘든 것은 가족 간에 돈이 얽혀 있을 때다. 이 돈이라는 것이 꼬여 있으면 가족관계가 틀어지는 일에서 끝나지 않는다. 심지어 법정 다툼까지 간다.

사람은 존재 자체로 타인에게 영향을 미친다. 좋은 영향이든 좋지 않은 영향이든 말이다. 특히 가족 구성원이 늘어나거나 줄어드는 경우는 변화가 생긴다. 결혼과 출산으로 가족이 늘어나는 경우, 어떠한 이유로 가족 구성원이 줄어드는 경우다. 구성원의 증가와 감소로 말미암아 분위기가 바뀔 수 있고, 이러한 바뀌는 분위기는 즐거움이 늘어날 수도 있고, 힘든 상황이 늘어날 수도 있다.

아버지와 딸의 관계 때문에 힘들어하는 엄마와 상담한 적이 있다. 엄마는 중개자 역할을 했는데, 아버지와 딸 사이에서 소통을 조율하느라 여간 힘든 것이 아니었다. 엄격한 아버지는 딸에게 엄한 기준으로 훈계한다. 때로는 폭언하기도 하고, 때로는 체벌하기도 한다. 이런 폭언과 체벌을 딸을 바르게 키우는 데 꼭 필요한 것이라고 믿으며 30년이 넘도록 멈추지 않았다.

딸은 이런 아버지가 너무 무섭고 싫다. 작은 실수라도 하면 어김

없이 혹독한 훈육의 시간이 기다린다는 걸 알고 있기에 한집에 사는 것 자체가 지옥이다. 딸은 성장하면서 아버지와 이야기를 나누는 것 자체를 거부하기에 이르렀다.

아버지의 힘이 막강할수록 딸은 이상하게 변해가고 있었다. 매사 부정적이고, 소극적이고, 말도 하지 않고, 친구들과 어울리지도 않았다. 급기야 딸은 아버지 때문에 불안장애, 우울증, 조울증, 불면증, 무기력, 공황장애 등으로 일상생활이 어려운 상황에까지 이르렀다. 딸은 1년이 넘도록 정신과 치료를 받고 있지만 조금도 호전되지 않았다.

아버지와 딸은 서로 앙숙처럼 만나는 순간마다 큰 소리를 내며 싸웠다. 급기야 엄마는 딸을 지키는 최후의 방법으로 분가를 택했다. 가족의 울타리 속에서 아버지와 딸은 원수가 되어 있었다. 이런 불편한 마음으로 엄마는 아버지와 딸의 궁합을 물었다. 혹시나 했지만 역시나 둘 간의 명리학적 관계는 최악이었다.

"가족 간의 궁합이 좋지 않으면 어떤 일이 발생할까요?"

가족의 궁합으로 가장 두드러지게 나타나는 것은 소통과 불통이다. 상호 갈등이 증폭되고, 시기와 증오가 생기고, 싸움이 잦아진다.

가족 구성원 간에 궁합이 맞지 않으면 불통이 된다. 불통이 된다는 의미는 같은 공간에 함께 사는 것조차 싫어하고, 함께 있을지라도 서로 간에 관심을 부정적으로 표출하는 것이다. 대화의 양이 줄어들고, 점차 필요한 대화만 할 뿐이다. 불통의 분위기에서 가족 구성원이 느끼는 피로감은 극도로 높아진다. 그곳에서 탈출하고 싶은 마음만 쌓이게 마련이다.

또한 서로를 위하는 마음이 왜곡된다. 자식에게 하는 충고나 조언이 부정적으로 변질되기 쉽다. 자식 잘되라고 하는 좋은 말들이 결국 듣기 싫은 잔소리로 남는다. 특히 서로에 대한 관심이 지나친 간섭으로 변질될 수도 있다. 걱정과 관심이 부정적으로 왜곡되는 것이다. 부모의 마음과는 달리 자녀는 반항심을 갖는다. 일부러 비뚤어진 길을 가려 하거나, 거친 언행으로 부모의 속을 태운다. 이러한 상황이 지속되면서 관계가 최악의 상황으로 치달을 수 있다.

불편한 관계를 무시하고 가족이라는 이유만으로 한 공간에서 그냥 사는 것이 좋은 선택일까? 때로는 떨어져 사는 것이 답이 될 수 있다. 힘든 관계를 회복하기 위해 노력하는 것도 중요하지만 적절하게 공간을 분리하는 것도 좋은 방법 중 하나다. 공간을 분리하는 것은 적어도 미운 감정을 증폭시키진 않는다. 심리적인 안정을 취하는 데 도움 된다.

가족 궁합은 무엇보다도 소통과 밀접하다. 좋은 궁합의 양상은 이렇다. 가족끼리 잘 대화하고, 함께하는 시간을 많이 갖고, 서로에 대해 많은 것을 공유하면서 알아간다. 수시로 가족 모임을 하는데, 웃음소리가 끊이지 않는다. 힘들고 어려울 때 가장 먼저 가족을 떠올리며 버텨낸다. 가족이 있기에 그 어떤 난관 앞에서도 희망을 놓지 않는다. 서로가 바라봐주고 응원해주고 동행해주면서 행복을 키워낸다. 이런 모습은 가족 구성원 모두의 부단한 노력으로도 가능하지만, 명리학적 관점에서 궁합이 좋으면 자연스럽게 형성된다고 본다.

가족 궁합이 나쁜 경우, 관계 회복을 위해 노력하는 것도 중요하지만
적절하게 공간을 분리하는 것도 좋은 방법이 된다.

Part 3

명리로
운을 열다

개운에 대하여 긍정적으로 보는 이유는 무엇일까?
긍정적인 관점은 개운을 통하여 개인의 운명을 바꿀 수 있다고 보는 것이다.

운이 좋아지는
방법이 있을까?

어려운 상황에 직면하면 어디로든 도망치고 싶다. 안간힘을 써도 수렁에 빠지는 것처럼 불안할 때 팔자를 바꾸고 싶다는 생각이 든다. 지금보다 더 나은 삶을 살고 싶은 간절함도 커진다. 사건 사고에 치여 생활이 힘들거나 고단할 때 찾게 되는 말 중 하나가 '개운'이다. 힘들다는 생각에 갇혀버리면 좋은 운에 대한 갈망도 커진다.

"운이 좋아지는 방법은 없을까?"

개운(開運)이란 무엇인가? 뜻은 '운을 열다'이다. 통상 운을 트이게 하는 것으로 알려져 있다. 운이 좋아야 일이 잘 풀리고, 운이 좋은 사람이 성공하는 것이라고 말한다. 아무리 실력이 좋아도 운이 나쁘면 크게 성공하기 어렵다.

"나쁜 운을 좋은 운으로 바꿀 수도 있어요?"

태어날 때 사주팔자가 확정되고, 자신만의 인생을 살아간다는 원리를 가진 운명학에서 사람의 인생을 바꿀 수 있는 것일까? 나쁜 운을 좋은 운으로 바꿀 수 있는 비법이라도 있었던가? 운을 바꿀 수 있다면 운명론을 언급할 필요가 없는 것 아닌가? 누구라도 이러한 의문을 가질 수 있다.

운을 트이게 하는 개운에 대한 의견은 학자마다, 상담가마다 서로 다르다. 개운에 대하여 긍정적으로 생각하는 이들은 사람의 일생이 결정되었지만 개운 방법에 따라 나쁜 운을 좋은 방향으로 변화시킬 수 있다고 강조한다. 반대로 개운에 대하여 부정적으로 생각하는 이들은 이를 불가능하다고 말한다.

이 글을 읽는 독자는 개운에 대하여 어떻게 생각하고 있을까? 개운을 하면 운이 좋아진다고 생각할까? 아니면 개운 같은 것은 없다고 생각할까?

개운에 대한 긍정적인 시각은 인생 전체는 아니더라도 어느 정도까지는 운명이 바뀐다고 본다. 출생과 죽음은 불가능할지라도 살아가는 과정은 사람의 힘과 의지로 어느 정도 조율할 수 있다고 본다. 운명이 정해져 있다고 하나 개인의 소소한 사건 사고, 일상까지 확정된 것은 아니기 때문에 개운으로 더 괜찮은 사람과 인연을 맺을 수 있고, 흉한 일을 피할 수 있고, 업무적으로 성과를 높일 수 있다고 본다. 이러한 믿음에 따라 긍정하는 이들은 개운하는 방법을 적극적으로 찾아 나서기도 하고, 일상에서 꾸준히 실천하기도 한다.

한편 개운에 대하여 부정적으로 보는 이유는 개인의 운명을 바꿀 수 없다고 보기 때문이다. 사람의 인생은 태어나면서 정해지는 것이고 이렇게 정해진 게 운명이라는 거다. 개운의 노력으로 운명을 바꿀 수 있다면 이 세상에 존재하는 모든 사람이 성공적인 인생을 살아갈 수 있어야 마땅하다고 본다. 하지만 현실은 전혀 그렇지 않다. 따라서 개운에 관련된 다양한 노력과 방책은 헛된 노력일 뿐이고, 돈 낭비일 뿐이라고 말한다.

종종 인생학을 논하자면 답답할 때가 있다. 정답을 알고자 하는데, 정답이 없다고 말하기 때문이다. 어떤 것이 맞는지 알고자 하지만 스스로 답을 찾으면 된다고 말하기 때문이다. 애매모호한 답변을 들을 때는 답답함이 가중된다. 물론 어느 정도 인정한다. 하루 동안에도 만만치 않은 일들을 겪어야 하고, 이러한 일들이 모두 정해진 것이라고, 계획된 것이라고 단정하긴 어렵기 때문이다. 그렇다면 인생학이 존재할 필요가 있을까?

나의 주변에서는 삶에 대한 희망과 노력이 훨씬 더 강하게 일어난다. 개운에 대해 긍정적으로 생각하고 실천하는 일들을 수시로 볼 수 있기 때문이다. 팍팍한 인생에 긍정적인 부분을 받아들이면 다소나마 숨통이 트이기 때문일지도 모르겠다. 자본주의 사회에 맞는 수익 창출이라는 구조 때문에 개운 방법이 대중적으로 더 넓게 확장된 것인지도 모르겠다. 이유를 막론하고 곳곳에서 좋은 운을 부르고, 운이 트이는 방법을 실천하는 모습이 자주 보인다.

"운을 트이게 하는 방법에는 뭐가 있을까?"

명리학 원리 중에 드라마틱하게 제시되는 개운은 없다. 획기적인 결과를 얻을 것이라고 부추기지 않는다. 개운을 통해 심리적으로 안정을 주는 것이지, 인생이 확 바뀐다고 강조하지 않는다. 개운에 대한 원리가 음양오행의 균형에서 시작되기 때문이다.

개운의 가장 기초적인 프로세스는 당사자의 사주팔자를 분석하여 음양을 보충하는 것이다. 사주원국에 있는 음양의 균형과 조화가 무엇보다 중요하다. 음이 부족한 경우에는 음을 보충하는 것이고, 양이 부족한 경우에는 양을 보충하는 것이다. 한마디로 사주에서 부족한 것을 오행을 통해 음양을 맞추는 것이다. 이 방법은 일상에서 '여행을 갈 때 더운 나라에 가면 좋다. 추운 나라에 가면 좋다'라는 말로 적용된다.

오행을 보충하는 개운도 있다. 사주에 존재하지 않는 오행을 보충하는 것으로 특정 오행이 없으면 단점으로 표출되거나, 집착하는 현상이 생기거나, 현실에서 무존재로 나타날 수 있다. 또한 막힘 현상, 단절 현상 등의 작용도 발생할 수 있다. 반대로 오행을 골고루 갖춘다는 것은 원만함, 균형감, 조화로움 등으로 표출된다. 오행을 다 가지고 태어나면 좋겠지만 그렇지 못한 경우가 더 많다. 그래서 오행을 골고루 갖추지 못했거나 특정 오행이 없는 경우는 오행을 보충하는 것으로 개운한다.

예를 들자면 사주에서 목(木)이 없는 경우 목(木)을 보충하는 것이다. 개운 방법은 식물을 키우거나, 원목으로 만들어진 가구를 사용하거나, 나무가 그려진 그림이나 사진액자를 걸어둔다. 이러한 개운은 부족한 목기(木氣)를 보완하고, 목(木)으로부터 발생하는 좋은 에너지로 운을 좋아지게 한다고 본다.

오행을 보충하는 개운은 식물, 가구, 액자 등에만 한정되는 것이 아니다. 더 넓게는 목(木)을 나타내는 물건, 목(木)을 나타내는 방향, 목(木)을 나타내는 색깔, 목(木)을 나타내는 향기 등을 활용한다. 자신의 취향에 맞게, 자신의 환경에 맞게 개운 방법을 선택하면 된다. 지속적으로 실천하는 개운은 신묘하게도 심리적으로 안정을 주고, 꽉 막혔던 일상을 풀리게 한다.

개운에 대한 주의사항도 따른다. 어떤 것이든 과용하면 부작용이 생긴다. 개운에서도 적당한 선을 지켜야 한다는 것을 강조한다. 나에게 맞는 색깔, 향기, 방향을 활용하면 산뜻한 마음으로 일상의 기대감이 커질 수 있다. 딱 거기까지다.

개운의 부작용은 광범위하게 생길 수 있다. 특히 심리적인 부분에서 나타날 수 있다. 정도를 넘는 개운으로는 일상의 불안감, 쫓김, 의심, 걱정, 스트레스에서 벗어나지 못한다. 정서적인 불안증이 가중되어 정신착란, 광기로 표출되기도 한다. 아무리 좋은 약도 기준과 정도를 벗어나면 약의 기능을 상실하고 독이 된다. 개운에도 적당한 선을 지킬 줄 아는 자세가 필요하다.

지속적으로 실천하는 개운은 신묘하게도 심리적으로 안정을 주고,
꽉 막혔던 일상을 풀리게 한다.

신세대가 추구하는
개운법

개운법은 전형적인 방법 외에도 시대에 맞게 다채로워지고 있다. 요즘 사람들에게 적합한 것들로 변형되고 있는 것이다. 음양오행의 보충을 더 섬세하게 접목하고, 일상 전반으로 확장하는 경우도 많다. 벽지의 재질과 색상, 방향성, 구조물 등을 고려한 인테리어, 화초나 수석, 그림, 사진 등의 적합한 장식품과 소모품, 애완동물, 액세서리 등 본인에게 맞는 방법을 취함으로써 심리적 안정과 개운을 기대한다. 개운을 제시하는 원리, 방법, 범위는 다르지만 목적은 변함없다. 답답하게 막힌 운을 술술 풀리게 하고, 더 나은 인생을 살아갈 수 있도록 도움을 준다. 신세대가 추구하는 개운은 현실적인 부분이 강하다.

- 자기 신체를 깨끗하게 닦고, 청결함을 유지한다.

- 집안을 주기적으로 환기하고 청소를 매일 한다.

- 입고 다니는 옷에 신경 쓰고, 때와 상황에 맞게 입는다.

- '사랑합니다', '감사합니다'를 자주 말한다.

- 선한 마음을 갖는다.

- 주변 사람들과 자주 연락하고 만난다.

- 매일 걷고, 주기적으로 운동한다.

- 여행을 한다.

- 명상을 한다.

- 건강한 노동으로 땀을 흘린다.

- 바르게 말하고 바르게 행동하며 각별히 언행에 신경 쓴다.

위의 항목들은 참 좋은 내용이다. 인터넷과 유튜브에서 중복되는 상위 항목을 내가 정리한 것이다. 어떠한 근거를 기반으로 제시되었는지는 모르겠지만 위의 내용들을 실천하면 일상이 좋아진다고 했다. 꾸준하게 실천하면 대성공은 어려울 수 있지만 자신의 인생을 가치 있게 살아가는 데 도움 되는 것만은 확실하다. 손해날 것 없는 내용들이다.

이처럼 개운을 제시한 현대적 방법이 널리 퍼지고 있다. 전문가인지 아닌지 구별하기도 어렵지만 유튜브 영상들이 엄청나게 생산되고 있다. 어쩌면 일상에서 피로감을 느끼는 현대인들이 넘쳐나고, 이들이 개운에 대한 절실함을 가지고 있다는 방증일지도 모르겠다.

　우리나라 사람들은 운에 대해서도 큰 노력을 기울인다. 운이 나쁘다고 해서 좌절하거나 포기하는 것이 아니라 운을 좋아지게 만드는 행동과 습관을 찾는다. 물론 모든 사람에게 해당되는 것은 아니지만 개운에 대한 수많은 콘텐츠가 생산되고, 생산된 콘텐츠를 시청하고, 댓글을 달고, 실천에 대한 피드백을 남기는 것을 보면 좋은 운에 대한 열정만큼은 인정할 수밖에 없다.

운을 개척하며
살아가는 사람들

자신에게 필요한 색깔을 사용하고, 먹고 마시는 것에도 오행을 적용하고, 사소하지만 운이 좋아지는 방법들을 실천하여 악운(惡運, 나쁜 운)을 보내고 호운(好運, 좋은 운)으로 사는 사람도 많다. 나는 운을 개척하며 살아가는 사람들을 지속적으로 관찰하고, 그들의 노력으로 좋은 결실을 보는 것을 공유하고 있다. 힘겨운 과정을 겪으며 운을 개척하는 그들의 노력을 높이 평가한다.

"이름을 바꾸고 나서 행복해졌어요. 촌스러운 이름 때문에 모임 나가는 것 자체가 부담스러웠고, 때로는 두려웠고, 싫기만 했었거든요. 이름을 바꾸니 자존감이 높아졌어요. 진작 바꿀 걸 그랬어요."

오랫동안 촌스러운 이름 때문에 힘들어하던 지인이 있었다. 세련된 외모와는 전혀 어울리지 않는 이름 때문에 자신감이 떨어졌는데, 자신의 이름이 불리는 것조차 싫어했다. 심지어 명함을 전달하는 것도 달갑지 않았다.

그러던 차에 대단한 각오를 하고 결정한 것이 있다. 바로 그토록 자기 자신을 괴롭게 만들었던 이름을 갑자기 바꾼 것이다. 이름 때문에 무너지는 자존감을 더 이상 견딜 수 없다는 생각이었다. 새롭게 태어나고 싶다는 욕망이 강하게 솟아났다.

"무조건 세련된 이름으로 지어주세요."

개명하고 그녀는 변했다. 당당함과 자신감이 외부로 표출되면서 추진하던 일들이 수월하게 성사되었고, 진급도 했고, 멋진 남자를 만나 결혼도 하게 되었다. 마치 해피엔딩 드라마처럼 순탄하게 하나하나 이루어가고 있다.

사실 이름 때문에 지인의 인생이 변한 것인지, 악운이 지나고 호운을 맞이하는 시점에서 이름을 바꿨기 때문에 일이 잘 풀린 것인지는 분간하기 어렵다. 다만 중년이 훌쩍 넘은 나이에 이름을 바꾸고 인생을 새롭게 살고 싶다는 갈망을 현실화하며 자신의 삶을 변화시

킨 지인이 대단할 뿐이다. 타인이 보기에는 별거 아닌 것처럼 보일 수 있지만 자기 나름은 큰 결단이 수반되어야 가능한 일이기도 하다. 이러한 점에서 나는 지인 역시 운명을 개척하는 사람의 범주에 속한다고 보고 있다.

"저는 검은색 옷을 잘 입어요. 이상하게 검은색 옷을 입으면 자신감도 생기고, 좋은 일들이 생겨요. 검은색이 좋다고 했는데, 그래서 그런지 검은색 옷만 사게 돼요."

검은색 옷이 행운을 가져오는 색깔이라고 믿는 사람이 있다. 그녀는 나의 친한 후배다. 몇 해 전에 나는 그녀에게 검은색이 절대적으로 필요한 색깔이라는 말을 했다. 그 후부터 그녀는 줄기차게 검은색 옷만 입었다. 계절과 상관없이 입었고, 중요한 사안이 있는 날에는 반드시 '올 블랙' 차림을 했다.

"검은색 옷을 입고 나서 뭐가 달라졌어?"
"검은색을 입으면 이상하게 마음이 편하고, 안정돼요. 참 신기해요. 중요한 일을 할 때 검은색을 입으면 자신감도 생기고, 나 자신한테 믿음이 생겨요. 검은색이 나를 보호해주나 봐요."

원래 그녀는 붉은색을 좋아했다. 하지만 명리학적 원리에 따라 그녀에게 화(火)를 의미하는 붉은색보다는 사주를 보완하는 수(水)의 색깔인 검은색이 좋다고 말했다. 그 후부터 그녀는 색깔에 대한 선호도가 완전히 바뀌었다. 선호도뿐만 아니라 분위기 자체가 달라졌다. 초조함, 의심, 불안감을 달고 살던 그녀가 진짜 검은색의 보호를 받는 것인지 안정되어 보였다.

내가 보기에 그녀는 검은색 옷이 자신에게 좋은 색이라고 100% 믿는 것 같았다. 그녀의 확고한 믿음이 심리를 안정시키고, 일과 가정에서 긍정적인 영향을 미치지 않았나 싶다. 그녀가 여러모로 좋아진 것은 부정할 수 없는 사실이었다.

좋은 운을 만드는 것은 타고난 운명의 영향이 크겠지만, 자기 노력 또한 어느 정도 영향을 준다고 판단된다. 물론 제한된 부분에서 영향을 미친다고 본다. 인생의 전반을 확 뒤집을 수는 없지만 불안감, 초조함, 의심, 불만 등은 자신의 확신으로도 변화시킬 수 있는 것 같다. 자신의 소소한 노력이 좋은 운을 만들뿐더러 좋은 하루를 만드는 데 영향을 미친다면 좀 더 적극적으로 관심을 가질 필요가 있지 않을까?

운명이 정해져 있다고 하나 개인의 소소한 사건 사고,
일상생활까지 정해진 것은 아니니 개운을 통하여 더 나은 인생을
살 수 있다고 본다. 이런 면은 무척 희망적이다.

좋은 운을 끌어오는
마인드

"운을 바꾸고 싶을 때 무엇부터 시작해야 할까?"

좋은 운을 맞이하는 노력은 하지 않고, 좋은 운의 혜택만 누리려고 하는 것은 욕심이다. 또한 일상의 성실함은 관심도 없으면서 좋다는 비책만 찾아다니는 것도 바람직하다고 말할 수 없다.

운, 한두 번 노력해서 바뀔까? 100미터 달리기하듯 짧고 굵게 노력해서 뒤집을 수 있을까? 고작 며칠, 몇 주 노력한다고 되는 걸까? 이것은 과욕이다. 헛된 망상이다.

명리학에서 운의 흐름은 누구에게나 공평하다. 바로 시간의 속성이 적용되기 때문이다. 1년을 기다려야 한 해의 운이 바뀌고, 10년을 기다려야 대운이 바뀐다. 누구에게나 똑같이 적용된다.

또한 운을 떠나서 기초적인 실력은 쌓지도 않으면서 성공하기만 바라는 것은 이치에 맞지 않는다. 어떤 분야든 잘되기 위해서는 당연하게 갖추어야 할 능력이 필요조건이다. 기본기에는 관심도 없으면서 탁월한 성과만 바라는 건 원칙에서 벗어난 것이다.

운을 바꾸고 싶은데 무엇부터 시작해야 할지 막막할 때도 있다. 어떤 걸 개선해야 할지 고민하는 것은 바른 순서다. 쉬운 것부터, 일상적인 것부터, 나와 밀접한 것부터 하나씩 잡아가야 하는 마음은 있지만 이게 맞는 것인지 의심도 생긴다. 딱히 누군가에게 물어보는 것도 애매하다.

나는 좋은 운으로 바꾸고 싶을 때 두 가지를 강조한다. 첫 번째는 마인드다. 시기적으로 운의 흐름이 잘 맞아야 하는 것은 기본이고, 추가로 좋은 운을 맞이하고자 한다면 마인드관리가 필수이기 때문이다.

하는 일마다 꼬이는데, 손대는 것마다 폭삭 망하게 되는데 어떻게 마인드를 관리할 수 있냐고 반문할 수 있다. 부정적인 마인드가 온몸을 휘감아도 부족할 만하다. 맞다. 되는 일 하나 없는데 어떻게 미소를 지을 수 있으며, 어떻게 내일을 설계할 수 있을까? 불행은 겹쳐서 온다. 이로 말미암아 멀쩡한 정신과 괜찮던 마인드가 시궁창에 곤두박질치곤 한다.

큰 사건에 직면했을 때 적극적인 마인드도 중요하지만, 제삼자의 객관적 마인드도 중요하다고 나는 역설한다. 큰 위기를 겪고 나면 멘탈이 탈탈 털리고, 일정 기간 멀쩡하게 살아가는 것도 어렵다. 이러한 상태에서 긍정적으로 세상을 보라고 하는 사람은 정말 현실성이 없다. 너무 교과서적이다. 내가 생각하는 이런 상황은 절망만 하지 않아도 희망인 것이다.

감정에 좌우되면 중심을 잃기 딱 좋다. 똑같은 상황일지라도 타인과 비교하는 것은 좌절하는 최고의 방법이다. 나는 힘들수록 감정을 자제할 것을 제안한다. 좋고 싫은 감정도, 원하고 원하지 않고의 감정도 힘들 때는 약보다는 독이 되는 경우가 많기 때문이다. 때로는 생각 없이 지낼 필요도 있다.

강태공이 늦은 나이까지 낚시하며 버틸 수 있었던 것은 기다림의 미학이 될 수 있지만 한편으로는 뭔가를 하고 싶다는 감정이 발현되지 않았기 때문일 수도 있다. 뭔가 하고자 하는 욕망이 강했다면 그렇게까지 오랫동안 낚시만 하고 살 수 있었을까? 때로는 무엇 하나 하지 않는 것으로 자기 자신을 지킬 수도 있다. 쉬고 싶은 마음이 바닥을 쳐야 다시 시작하고 싶은 마음이 생긴다.

"이제 슬슬 움직여야 할 때인가 싶어! 쉴 만큼 쉬었잖아!"

내가 강조하는 마인드관리는 긍정적인 마인드로 무장하는 것을 가리키는 것이 아니다. 자연스럽게 자신의 마음이 움직이는 걸 느끼는 것도 마인드관리가 된다. 누가 강요해서 노력하는 것이 아니라, 타인의 시선 때문에 어쩔 수 없이 해야 하는 것이 아니라, 뭔가 출렁이듯 자신의 마음에서 시작을 알려야 한다는 의미다.

대작을 만들기 위해 가장 먼저 해야 하는 건 밑그림을 그리는 것이다. 밑그림이 탄탄하게 받쳐주어야 완성도 높은 그림을 그릴 수 있다. 불운을 극복하는 가장 탄탄한 기초공사는 바로 자신의 마인드 관리다.

좋은 운을
끌어오는 말

"나는 잘될 거야."

"지금은 잠시 어려운 시기잖아. 이 시기가 지나면 반드시 좋은 때가 올 거니까."

"모든 것에 감사해."

"나는 오늘도 행복하지만, 내일은 더 행복할 거야."

"나는 운이 좋은 사람이야. 지금까지 늘 그랬잖아."

"힘들지 않아. 나는 당연히 잘될 거니까. 이 정도는 노력해야지."

믿음, 당신은 자신을 얼마나 믿고 사는가? 아무도 믿어주지 않았지만 자기 자신을 절대적으로 믿는 사람들은 무엇이 다를까? 무슨 확신으로 자신에 대해 전적으로 믿는지 모르겠지만 철저하게 자신을 믿고 사는 사람들은 달라도 뭔가 다른 것 같다. '하늘은 스스로 돕는 자를 돕는다'라는 말처럼 자신을 믿는 사람에게는 행운이 붙어 다니는 것 같다.

내가 생각하는 좋은 운을 끌어오는 두 번째는 '말'이다. 말이 운을 좋아지게 하는 것과 무슨 관계가 있는지 의아해하지 않을까 싶다. 사람에게 말이라고 하는 것은 위대한 소통 도구이고, 사람이 태어나 죽을 때까지 공부하는 분야가 바로 말 공부다. 말은 의사를 전달하는 근본적인 수단이자 마음과 마음을 이어주는 매개다.

우리 사회는 스피치, 말하기 능력, 공감 능력 등이 성공 요인으로 분류되기도 한다. 관계를 시작하고 유지하는 데 필수적인 요소로 자리 잡기 때문이다. 그러나 말은 참 어렵다. 말 잘하는 것도 어렵고, 말실수하지 않으며 사는 것도 어렵다. 말 한마디 때문에 오해, 갈등, 싸움, 이별 등의 부작용이 생겨서 무시로 마음고생해야 한다.

나는 좋은 운을 끌어당기기 위해서는 말을 잘 써야 한다고 말한다. 말은 파장을 가지고 있고, 진동으로 전파된다. 좋은 말은 좋은 에너지를 전달하고, 좋지 않은 말은 좋지 않은 에너지를 전달한다.

아름다운 말은 좋은 영향을 미친다. 과학적 실험에서도 증명된 사례가 많다. 과학자 에모토 마사루(江本勝)는 물의 결정이 달라진다는 것을 검증했다. 양파를 키우는 실험에서도 좋은 말과 나쁜 말의 차이가 뚜렷하게 달랐다. 좋은 말을 듣고 자란 양파는 좋지 않은 말을 듣고 자란 양파보다 우월하게 건강했다. 식물도 말의 영향에서 자유롭지 못했다.

"좋은 말은 운을 좋아지게 하는 효과가 있는 것일까?"

지인 중에 낙천적인 성격의 소유자가 있다. 그는 어느 자리에서나 잘 웃고, 이해심도 넓고, 상대방에게 친절하다. 특히 그의 자상한 말투는 모두가 좋아한다. 그는 평범하지만 '사람 좋다'는 칭찬을 듣는다. 도움받고자 모임 활동을 적극적으로 한 것은 아니지만 사람들은 그와 업무제휴를 하고, 사업 파트너가 되었다. 그는 명리학적으로 나쁜 운인데 현실에서는 사업적으로 승승장구하고 있다. 주변 사람들은 그의 승승장구를 두고 돈을 부르는 말솜씨 때문이라고 말한다.

"그 사람의 말투는 돈을 불러요. 누구라도 그 사람과 대화하다 보면 함께 일하고 싶다는 생각이 들 거예요."

좋은 말, 예쁜 말, 긍정적인 말에는 좋은 운을 부르는 힘이 있다. 나는 말이 가진 힘을 믿는다. 말은 의사소통 능력을 높여주는 효과도 있지만 비즈니스 세계에 들어서는 순간 돈을 부르는 전략이 될 수도 있다. 그래서 '말 한마디로 천 냥 빚 갚는다'라는 속담이 생긴 것 아닌가!

나는 운이 나쁠수록 신뢰받는 말, 호감을 주는 말을 하는 것을 권장한다. 누구라도 이렇게 말하는 사람을 적대시하거나 미워하지 않기 때문이다. 인연을 맺고, 좋은 관계를 형성하면서 도움을 주고받는 비즈니스의 가능성을 열어두기 때문이다. 나는, 말에는 운을 좋게 하고 좋은 인연을 끌어오는 힘이 있다고 믿는다.

명리학이나 사주 상담은 괴로운 순간에 힘이 되기도 한다.
긍정적인 답변을 듣고 나면 의욕도 생기고, 위로가 되기도 한다.

고민을 함께 나눌
친구가 없을 때

'나는 평범한 사람으로 살고 있는 것일까?'

평범함에 관하여 고민해본다. 사람들은 자기 삶이 평범하다고 생각할까? 평범하지 않다고 생각할까? 어쩌면 이러한 생각을 할 겨를도 없이 치열하게 하루를 견뎌내는 사람도 많을 것이다. '평범함'에 대한 주제가 깊은 고민거리가 되지 못할 수도 있다. 지금은 특별해지려고 노력하는 시대니까 말이다. 튀고 싶어 안달이 난 사람을 찾는 것은 그렇게 어렵지 않다.

나는 20년이 넘도록 업무를 진행하면서 수많은 사람을 만났다.

강의나 컨설팅을 통해 고객사 직원들과 다양한 정보를 나누고, 지식을 교류하고, 상황에 따라서 조금 더 긴밀한 인간관계를 형성하기도 했다. 이러한 긴 시간이 축적되어 나만의 방식으로 사람에 대해 많이 알고 있다고 생각했다. 사람들 사이에서 벌어지는 사건 사고에 관하여 어느 정도는 직접적인 경험도 있고, 주변 사람에게서 듣는 간접적인 경험도 많다 보니 기본 이상으로 사람에 대해서 알고 있다고 자부했다.

그러다 어느 순간 나의 이런 생각이 잘못되었다는 것을 깨달았다. 나의 경험과 정보는 누구나 알 수 있는 대중적인 것에 불과하다는 사실을 알게 되었다. 그 이유는 명리 상담을 통해 사람들이 진짜 고민하는 문젯거리, 그들로부터 비밀스러운 사건들을 하나씩 듣기 시작하면서부터다. 평범하지 않은 사람들 또는 평범하지 못한 사람들의 파란만장한 사연들……. 평범하고 싶지만 그렇지 못해 서글픈 인생살이에 대한 갖가지 고민은 밀물처럼 다가왔다.

"저는 친구가 없어요. 올해로 마흔두 살이 되었어요. 태어나서 지금까지 단 한 번도 친구를 사귀어본 적이 없고, 친구와 놀아본 적도 없어요. 지금도 친구가 절실하게 필요하지 않아요. 그냥 가끔 외롭다고 생각될 때가 있지만 혼자서 잘 견딜 수 있거든요. 오늘 이상하게 선생님께 이런 이야기를 하네요."

사연자의 목소리는 차분했다. 그는 42년을 살아오면서 단 한 번도 친구를 사귀어본 적이 없다고 말한다. 초등학교를 다니는 동안 여덟 번 이사했고, 중학교와 고등학교를 다니면서도 잦은 이사 때문에 적응조차 하지 못했다고 한다. 친구도 사귀지 못했는데 어떻게 연애를 할 수 있을까! 믿기지 않지만 42년간의 삶은 외로움 그 자체였다고 말한다.

충격적인 사연이다. 어떻게 친구도 없고, 연애도 하지 않으며, 42년을 살아올 수 있었던 것일까! 주객을 떠나 이 넓은 세상을 통째로 무인도로 만든 것이다. 그의 외로운 삶이 짐작되지 않는다. 보통은 단 며칠만 혼자 보내는 일이 생겨도 수시로 외롭게 느껴지고, 삶이 쓸쓸하다 생각된다. 스마트폰을 뒤적이며 수다 떨 사람을 찾는다.

나는 사람에 대하여, 삶에 대하여 다시 생각하고 있다. 인생을 다루는 명리학으로 사람을 다시 배우고 있다. 명리학으로 겹겹이 꼬인 인생을 살아온 사람들의 이야기를 듣는다. 벼락같은 사건으로 인생이 바뀐 사연을 듣는다. 반전의 반전을 거듭하며 롤러코스터 같은 인생을 사는 사람들의 사건을 듣는다. 명리학을 공부하지 않았다면 평생을 살아도 듣지 못할 사연들, 그만큼 소중함이 묻는다. 이런 점에서 내게 명리학은 사람을 알아가는 시작점이 되었다.

"지금도 불행하지 않아요. 하지만 평범하게 살고 싶어요. 그럴 수 있을까요?"

특별하게 살아가고 있는 사연자의 상담이 끝나고 한참 동안 그의 마지막 목소리가 귓가에서 맴돌았다. 특이하게 살려고 발버둥 치는 사람들이 넘쳐나는데 그는 평범하게 살고 싶다고 말한다. 어서 빨리 그의 닫힌 마음이 열리고, 사람들과 어울리며 일상을 보낼 수 있기를 바랄 뿐이다. 그저 사연자가 외로움을 덜어내며 즐거움을 교류하며 살아가기를 바랄 뿐이다.

사주 상담은 당사자만 알고 있는 고민, 문제, 사연 등을 가지고 비밀이 보장된 대화를 나눈다. 상담은 사주를 분석하고, 사건 사고나 미래를 예측하는 것이 핵심이지만 때로는 사연자에게 위로와 격려를 전달한다. 때로는 이조차 필요 없는 경청 자체만으로도 사연자들이 눈물을 흘릴 수 있다. 아무에게도 말할 수 없는 속 깊은 얘기를 꺼내면서 서러움이 폭발하여 울기도 하고, 혼자 간직하느라 부대꼈던 마음이 사그라지면서 눈물을 흘리기도 한다. 누군가가 자신의 이야기를 들어준다는 것만으로 마음이 뭉클해지기도 한다.

사주 상담은 미신이나 들먹이고 인생을 심판하듯 된다, 안 된다를 말하는 것이 아니다. 긴밀하게 주고받는 대화로부터 마음의 안정을 찾는 이도 있고, 위로받는 이도 있고, 힐링감을 느끼는 이도 있다.

때로는 자신의 이야기를 아무런 편견 없이 들어줄 사람이 있다는 것만으로도 감사하게 생각하는 이들도 있다.

인생을 잘 살아가는 데 정답은 없다. 내 기준에서 정답이 있다 하더라도 타인에게 적용하는 것은 큰 의미가 없다. 인생은 교과서에 나오는 정해진 공식이 아니고, 타인과 비교할 수 있는 것도 아니다. 다만 자기 선택과 결정으로 채워진 삶이어야 후회를 덜 하게 된다. 이 과정에서 사주 상담이나 명리학은 작은 위안이고 조언일 뿐이다. 타인의 인생을 조정하고자 하는 것은 잘못된 상담 방식이다.

마찬가지로 남에게 필요한 연애가 나에게도 꼭 필요한 것은 아니다. 친구가 없다고 해서 잘못 살고 있다고 판단할 수 없다. 내 마음이 원해서 지금의 현실이 만들어진 것이라면 나에게는 최선책이 될 수 있다. 외로움이 극에 다다른 순간에 사주 상담이 작은 위로라도 되면 좋겠다. 불빛 하나 없는 깊은 동굴 속에 갇혀버린 사람에게 희미한 불빛이라도 될 수 있다면 좋겠다. 고민을 함께 나눌 친구가 없을 때 떠오르는 안식처가 될 수 있다면 참 좋을 것 같다.

내 뜻대로 풀리지 않아 괴로운 순간에 명리학이나
사주 상담 자체가 위로가 되기도 하고,
심리적으로 안심이 되는 경우도 있다.

내 뜻대로 일이 풀리지 않아
괴로운 순간에

"너무 지쳐요. 열정도 바닥났구요."

그녀의 눈에서 눈물이 주르륵 흘러내렸다. 주변은 조용했고, 눈물은 끝없이 계속 흘러내렸다. 펑펑 소리 내어 울어도 된다고 말했지만, 그녀는 눈물을 멈추려고 안간힘을 썼다. 그러나 속수무책으로 눈물은 하염없이 쏟아져 내렸다.

침묵 속에서 그렇게 한참의 시간이 흘러가고 있었다. 그녀는 서서히 안정을 찾아갔다. 아무 일도 없었던 사람처럼 옷매무시를 가다듬었다.

사연의 주인공은 50대 중반의 여성이다. 규모가 크지 않은 제조업체를 운영한다. 그녀는 밤낮을 가리지 않고 평생 일에만 매달린 사람이다. 결혼도 하지 않았고, 가족도 없다. 이 넓은 세상에 의지할 이는 단 한 사람도 없다. 오로지 혼자다.

그녀가 근면한 소처럼 아침부터 늦은 밤까지 줄기차게 일할 수밖에 없던 이유는 갑작스럽게 교통사고로 돌아가신 부모님의 회사를 맡게 되었기 때문이다. 대학생이 되던 해 3월, 지방 출장을 다녀오던 부모님에게 교통사고가 들이닥쳤다. 그 사고로 그녀의 인생은 송두리째 바뀌어버렸다.

다니던 학교를 그만두고 당장 자신을 책임져야 하는 현실은 숨을 턱턱 막히게 했다. 처참하게 변해버린 자신의 현실에 얼마나 목이 터져라 울부짖었는지 모른다고 회상했다.

"겪어보지 않은 사람은 도저히 알 수 없어요. 불행은 너무나 갑자기 찾아왔어요. 또 다른 불행이 닥치지 않을까 늘 불안해요."

작은 사업체지만 지금처럼 꿋꿋하게 견뎌오기까지, 중도에 포기하고 싶었던 수많은 나날, 살아남기 위해 애가 타고 피가 마르는 순간을 수도 없이 겪었다고 말하는 그녀는 허공을 담담하게 바라보았다. 지칠 대로 지쳐버린 것이다.

"잘하고 싶어 온 힘을 다 쏟아부어도 내 뜻대로 풀리지 않네요."

'사업은 아무나 하는 것이 아니다'라는 말처럼 사업을 하는 것도, 사업체를 운영하는 경영자로 산다는 것도 쉽지 않다. 겉으로는 화려하게 보이고, 많은 사람에게 주목받으며, 의식주를 풍요롭게 누리며 사는 것 같지만 보이는 게 전부는 아니다. 보이지 않는 어려움이 숱하게 많기 때문이다.

경영자의 자리는 엄중하다. 다양하게 발생하는 사건 사고를 해결해야 하고, 돈을 보고 달려드는 사기꾼을 가려내야 하고, 때때로 회사 생존을 위해 결단을 내려야 하고, 위기의 순간을 이겨내야 한다. 사실, 사업은 아무나 하는 것이 아니다. 사업 실패로 힘들어하는 사람이 얼마나 많은가. 우리나라 같은 치열한 경쟁환경 속에서 사업을 시작하는 것도, 사업으로 성공하는 것도 말처럼 쉽지 않다.

경영자로 사는 사람들의 속내를 들여다보면 늘 돈 문제에 시달린다. 그러다 보니 불면증은 기본이고, 공황장애·소화불량·만성두통 등을 달고 사는 사람이 많다. 또한 사람을 온전히 믿을 수 없는 의심병을 안고 사는 경우도 많다.

경영자로서 다양한 경험과 노하우를 쌓는 세월을 몇 해는 보내고 나서야 그나마 자신을 안전하게 보호하는 방법을 터득한다. 주변 환경에 휘둘리지 않고 중심을 잡을 수 있는 내공이 생긴다. 경영자로서의 신입 과정을 혹독하게 치르는 경우도 많다. 겉보기에는 좋게만 보이지만 실상은 어려운 부분이 훨씬 더 많다.

사연자는 내가 10년 세월을 알고 지낸 지인이다. 성실한 인물을 꼽으라면 가장 먼저 떠오르는 사람이다. 세월이 흘러도 변함없는 모습으로 살아가는 사람이다. 부모님의 사고로 뜻하지 않게 경영자의 길로 들어섰지만, 자신의 자리에서 최선을 다하는 사람으로 정평이 나 있는 인물이다.

하지만 세월은 야속하게도 그녀를 성공으로부터 이탈하게 했다. 강인한 정신력과 최대의 노력을 투여하지만 긴 시간 일이 제대로 풀리지 않는다면, 늘 돈에 허덕이고 살아야 한다면 누구라도 버텨내기란 쉽지 않다. 온전한 마음과 정신으로 살아가는 것이 가혹하리만치 고되다. 당장 내일이라도 낭떠러지 아래로 떨어질 것 같은데 어떻게 평정심을 찾을 수 있을까.

그녀는 어떻게 해야 할까? 자신을 위해 무슨 방법을 써야 할까? 해결책이 있기는 한 것일까? 아무 일 없는 것처럼 그냥 살면 되는 것일까?

"가슴이 답답해 미칠 것 같았어요. 그런데 이야기를 나누고 나니 시원해요. 다시 힘을 낼 수 있을 것 같아요."

그녀는 자신의 사주가 어떠한지에 대하여 단 한 번도 물어본 적이 없다. 스스로 사업가로서 재능이 있는 사람인지에 대하여 궁금해한 적도 없다. 언제쯤 사업이 잘 풀리는 시기가 올 것인지에 대하여 문의한 적도 없다. 제법 궁금할 법한 질문일 텐데 10년이 지나도록 단 한 번도 언급하지 않았다. 신세를 한탄하며 팔자타령을 한 적도 없었다. 그저 커피 한 잔 마시며 자신의 속내를 털어놓는 것이 전부였다. 감사의 인사를 하고 돌아서는 그녀의 모습을 보면서 나 역시 마음이 안정되었다.

"해답을 얻기 위해 온 것은 아니지만, 선생님과 소통하면 마음이 시원해지고, 답답함이 눈 녹듯 풀려요. 왠지 모르게 의지가 돼요."

명리학은 괴로운 순간을 직면한 이들에게 소통창구가 된다. 사업이 잘되는 시기나 돈을 많이 버는 때를 말해주기 때문이 아니다. 명리학이라는 학문 자체가 가진 힘이 강하기 때문이고, 명리학자가 전달하는 신뢰감이 특별할 수 있기 때문이다. 이러한 특성들은 때로는 사연자에게 알 수 없는 힐링으로 전달된다.

명리 상담을 진행하는 과정에서 눈물을 흘리는 사람도 많다. 확실한 해결책을 제시한 것도 아닌데 소통하는 과정에서 스스로 해결책을 찾거나 다시 용기를 얻는 사람들도 있다. 나는 이러한 작용과 효과를 명리학이 가진 부가적인 효과이자 명리학자나 사주 상담가가 전달하는 신뢰라고 평가한다. 병은 정확한 진단과 처치로 치료할 수 있지만 사람의 마음은 때로는 믿을 수 있는 사람과 소통하는 것만으로도 생기를 얻을 수 있다. 그래서 힘든 순간에 진심으로 소통을 할 수 있는 사람이 있다면 더할 나위 없다.

선택과 결정을 두고
고민될 때

어떠한 사안에 대하여 선택하거나 결정해야 하는 순간에 있다면 사람 대부분은 복잡한 감정을 느끼게 된다. 물론 상황에 따라 심플하게 결정할 사안도 있고, 때로는 고민을 거듭하고 선택해야 하거나, 신중하게 생각하고도 결정을 내리지 못하는 경우도 있다. 개인적 특성이나 사안의 중요도에 따라 차이는 있지만 선택하거나 결정해야 하는 순간이 주는 긴장감, 떨림, 설렘, 압박감 등의 감정을 겪는다.

그렇다 보니 무엇인가를 선택하거나 결정하는 것도 쉽지 않다. 특히 요즘처럼 다양성이 심화된 사회에서는 한 번의 잘못된 선택으로 치명적인 피해를 볼 수 있다. 물론 한 번의 현명한 결정으로 대박이 나는 경우도 있다. 이 한 번의 결정은 사소하게는 짧은 순간 내 감정을 좌지우지하지만 크게는 내 인생을 송두리째 흔들기도 한다. '한 번의 선택이 평생을 좌우한다'라는 말처럼 우리의 인생에서 선택과 결정으로 말미암아 결과는 엄청난 차이가 난다.

"그 사람과 연애를 시작해야 할지 말아야 할지 솔직히 제 마음을 모르겠어요. 해야 할지? 말아야 할지? 고민만 계속하고 있네요."

"다른 회사로 이직하는 것이 좋을지, 지금 다니는 회사에 그대로 있는 것이 좋을지 고민이 돼요. 다른 회사로 옮기긴 해야 하는데, 회사를 옮겼다가 더 안 좋아질까 봐 이러지도 저러지도 못해요."

"벌써 사 년째 회계사 시험에 떨어졌습니다. 그만 포기해야 하는 것인지, 딱 일 년만 더 공부해야 하는지 모르겠네요."

나를 대신하여 타인이 선택하거나 결정해줄 수는 없다. 가끔 조언이나 의견 정도는 물어볼 수 있지만, 또한 참고할 만한 정도의 수준이어야지 전적으로 타인의 의견을 결정으로 반영하면 안 된다. 타인의 인생을 살아가는 것이 아니라 온전히 내 삶을 살아가기 위해서다. 매 순간 타인의 의견대로 살아간다면 내 삶이 아니라 타인의 삶이 되기 때문이다.

선택과 결정을 두려워하는 사람들도 있다. 자기 스스로 결정하지 못하는 경우도 있고, 스스로 결정했다고 해도 차후 나쁜 결과를 초래하지 않을까 하는 근심 아닌 근심으로 극심한 스트레스를 겪는 사람도 있다. 그렇다고 해도 매사 타인이 결정해주는 것은 좋은 방법이 아니며, 때로는 먼 훗날 돌이킬 수 없는 후회가 되기도 한다.

"그때, 죽이 되든 밥이 되든 내 마음 가는 대로 결정할 걸 그랬어. 그랬다면 지금처럼 후회하지는 않았을 텐데."

선택이나 결정이 어려운 사람 중 결정장애를 가진 이가 꽤 많다. 타인의 도움으로 무엇인가를 결정하게 되면 자신의 본심과는 거리가 있거나 도리어 반대의 선택으로 귀결되는 실수도 생긴다. 그럼에도 타인의 도움을 원하는 것은 스스로 가지는 불안감, 고독감, 스트레스에서 벗어날 수 있기 때문이다.

타인의 결정이 내 결정이 될 수는 없지만 내가 가진 불안한 마음이 다소라도 안정을 찾게 되고, 세상에 혼자라는 쓸쓸한 생각은 홀연히 사라지게 된다. 이러한 경험들은 타인에게 의지하는 마음과 감사의 마음이 생기기도 하지만, 결정장애의 증상을 계속 키워내는 원인이 되기도 한다.

사주 상담으로 결정과 선택의 해법을 찾는 이들도 있다. 주위의 친구나 지인에게 도움을 요청하는 일이 많지만 때로는 나를 전혀 모르는 누군가를 만나고 싶을 때가 있다. 나를 모르는 사람과 상담하면 오히려 마음이 편하다는 이들도 있는데, 주변 사람들에게 하지 못했던 속사정을 말하기가 훨씬 수월하다고 한다. 특히 사주 상담은 미래의 시기적인 판단을 예측하는 것이므로 결과 분석에 쉽게 활용 가능하다는 장점을 가지고 있다. 반면에 지나치게 사주 상담을 맹신하는 것은 바람직하지 않다. 스스로 고민하는 노력은 하지 않고 상담가의 말에 따라 인생을 결정하며 살아가는 건 현명한 방법이 아닌 것은 확실하다.

겉모습이 전부는
아니니까!

우리는 사람을 판단하는 데 각자만의 방식을 가지고 있다. 얼굴 표정과 인상을 중심으로 판단하는 경우도 있고, 몸짓·태도·자세 등의 행동을 중심으로 우선 판단하는 경우도 있다. 또한 말할 때 느껴지는 어투·톤·말의 속도 등을 중시하며 판단하는 사람도 있고, 옷입는 스타일이나 체형 등을 중요한 기준으로 삼아 판단하는 경우도 있다. 일상에서 접하는 경험을 토대로 판단기준이 세워지니 각자마다 기준점이 다를 수 있다.

"겉모습만 보고 사람을 쉽게 판단하는 사람들 때문에 가끔 상처 받아요. 입고 있는 옷이 허름하다고 별 볼 일 없는 사람 취급하면 안

되죠. 이런 날은 하루 종일 기분이 안 좋아요."

　나에게는 특별한 삶을 살아온 지인이 있다. 그의 인생을 간략하게 말하자면 한마디로 기복이 심한 인생을 살아가는 사람이다. 그는 초등학교, 중학교, 고등학교를 거치며 전교 1등을 놓친 적 없는 모범생이었다. 그러던 그가 고등학교 3학년 여름쯤, 인생을 송두리째 바꿔버렸다. 공부에만 매달리던 그는 나쁜 친구들의 영향으로 등교를 거부하고 떼로 몰려다니며 사고를 쳤다. 그렇게 그의 인생은 본격적으로 삐뚤어지기 시작했다. 이내 싸움을 일삼는 패거리 일원이 되었고, 그렇게 우수한 학생에서 조직폭력의 조직원이 되었고, 훗날 보스 자리까지 오르게 되었다.

　반전의 삶을 시작하고 조직 보스로서 3년을 보낸 어느 날, 생사를 넘나드는 험한 싸움 중에 크게 다쳐 중환자실에서 1년 넘도록 숨만 쉬는 식물인간으로 살았다. 극적으로 건강이 회복되며 병실을 걸어 나오는 기적 같은 일을 겪었지만 싸움의 흔적으로 평생 한쪽 다리를 절고 한 손이 떨리는 장해가 남았다.

　생사를 넘나드는 큰 사건 속에서 살아남은 그는, 자신의 인생이 뭔가 잘못되었다는 것을 깨닫고 오랜 시간이 지나서야 평범한 삶의 일상으로 되돌아왔다. 지금은 조그마한 세차장을 운영하며 살아간다. 허름한 티셔츠와 장화가 그의 유니폼이다. 한쪽 다리는 절고 한쪽 손은 떨며 고객이 맡긴 자동차를 열심히 세차하면서 하루를 보낸다.

그는 가끔 내게 전화를 걸어온다. 오늘 얼마나 열심히 세차했는지 모를 거라며 너스레를 떤다. 조직에 몸담았던 지난 시절보다 세차장에서 일하는 지금의 하루가 훨씬 더 치열하다고 엄살을 부린다. 때로는 고객의 말 한마디에 상처받아 밥맛이 없다고 농담하기도 하고, 때로는 고객의 칭찬 한마디에 하늘을 날 것처럼 기분이 좋다고 웃는다. 현재의 삶이 인생에서 최고의 순간이라며 만족스러워한다.

나는 그에게 물어본 적이 있다. 고객을 상대할 때 마음 아팠던 때가 있었느냐고. 한참을 고민하던 끝에 그는 담담하게 말했다. 허름한 옷차림 등 겉모습 하나 보고 별거 아닌 삶을 살아가는 것으로 단정해버리는 사람, 노골적으로 무시하고 거드름을 피우면서 하대하는 사람을 만나면 온종일 기분이 가라앉는다고 말이다.

사실, 그는 한 달에 한 번씩 내게 전화한다. 그가 명리 상담이나 무속신앙의 마니아라서 그런 것은 아니다. 자신의 목적과 이익을 추구하고자 이용하는 것은 더욱 아니다. 그가 내게 일정 간격으로 전화해서 묻는 것은 딱 하나다.

명리학은 보이는 것으로 판단하지 않고, 명리학적 해석의 원리로 사람을 본다.
사람은 겉모습이 전부가 아니다.

"이번 달에는 어떤 것들을 조심하면서 살아야 할까요?"

사람을 응대하는 직업이라는 특성에 대해 인식했고, 살다 보니 사건 사고는 사람으로부터 비롯된다는 것을 깨달은 탓인지 그의 관심사는 자기 자신만 잘하면 큰 사고는 발생하지 않는다는 마인드다.

사건이 터지고 나면 상대방에게 책임을 전가하고, 상대를 탓하는 경우가 얼마나 많은가! 이러한 경험은 평범하게 살아가는 사람들의 일상이다. 하지만 그의 마인드는 좀 다르다. 일의 귀천을 따지기 전에, 맞이하는 고객의 외모를 평가하기 전에 자신을 가다듬는다.

주변에서 일어나는 사건 사고의 시작점은 바로 자기 자신이라고 생각한다. 그래서 매달 명리학의 분석에 따른 '이달에 주의할 사항'을 수첩에 꼼꼼하게 적는다. 보고 또 보며 무탈하게 한 달을 보내겠다는 다짐으로 하루를 산다. 당신 때문에 나쁜 일이 생긴 것이라고 말하는 것이 아니라 나 때문에 나쁜 일이 생긴 것이라고 하며 책임을 진다. 그는 이런 면에서 특별한 사람이다.

그 누구이든 겉모습만 보고 사람을 평가하는 것은 현명하지 않다. 겉모습이 좋아 보인다고 해서 인격이 높은 건 아니다. 겉모습이 좋다고 해서 마음까지 좋다고 말할 수 없다. 들고 다니는 가방이 고

가라고 해서, 좋은 자동차를 탄다고 해서, 값비싼 보석으로 휘감고 다닌다고 해서 성공했다고 말할 수도 없다. 단편적인 모습으로 사람을 판단하고 평가하는 것은 선입견 같은 실수가 될 수 있다.

사연자는 학창 시절 우수한 모범생이었고, 조직의 보스로 험한 길도 걸었으며, 병원에서 식물인간으로도 살았다. 지금은 누구보다도 성실한 사람이다. 그가 평범한 삶을 살기까지 말할 수 없는 우여곡절이 있었다. 허름한 셔츠와 장화를 신고 땀을 뻘뻘 흘리며 작은 세차장을 운영하고 있지만 함부로 폄훼되어서는 안 되는 소중한 인생이다.

보이는 모습이 그의 전부가 아니다. 남루한 겉모습과 달리 그는 탄탄한 장학재단과 교육재단의 이사장이고, 제법 규모가 큰 봉사단체를 이끄는 단체장이다. 소유한 빌딩만 몇 채가 넘는다. 허름한 겉모습에서 찾아보기 힘든 대단한 직책 몇 개가 더 있다.

겉모습에 치중해 사람을 판단하는 것은 위험한 일이다. 더불어 내가 인정받고 싶다면 나부터 타인을 먼저 인정해주는 것이 도리다.

다시
시작할 수 있을까?

"저는 자신이 없어요."

그녀는 이제 25세가 되었다. 한창 설레는 감정을 느끼며 연애를 해야 할 나이지만, 안타깝게도 이성으로부터 설레는 감정이 아닌 두려움과 공포감을 가진다.

그녀의 엄마는 첫 결혼으로 그녀를 얻었지만 남편과 이혼하게 되었다. 가중되는 경제적 어려움과 알코올 의존자인 남편 때문에 하루도 조용할 날이 없었다. 그녀를 업고 조용히 몸만 나왔다고 한다.

몇 년의 세월이 흘렀다. 그녀의 엄마는 두 번째 결혼을 하게 되었다. 재혼으로 또 불행이 닥칠 것이라고는 꿈에도 몰랐다. 식당을 운영하는 새아빠는 결혼한 후 무섭게 변해갔다. 도박, 술, 그리고 폭행을 일삼았다. 사람이 어떻게 그리 변할 수 있을까 싶었다. 엄마의 두 번째 결혼도 결국 파국이었다.

"선생님, 저는 남자가 두려워요!"

통상 20대의 여자라면 "연애하고 싶어요"라고 말한다. 그러나 그녀는 "혼자서 평생을 잘 살 수 있을까요?"라고 묻는다. 보통의 20대 여성들과는 질문 자체가 다른 것이다. 엄마의 결혼과 이혼의 충격이 고스란히 자녀에게 미친 것이다. 남자에 대한 공포감이 어린 나이에 형성된 것으로 안타깝기만 하다.

집안 분위기와 부모의 결혼생활이 미치는 영향력이 얼마나 중요한지에 대해 생각하게 만든다. 행복한 인생을 꿈꾸며 결혼했지만, 이로부터 불행한 삶이 시작된다. 이 불행한 삶은 자기 자신으로만 끝나는 것이 아니다. 함께 사는 구성원에게 치명적으로 영향을 미친다. 인생을 살아가면서 상처가 될 수 있고, 고칠 수 없는 불치병이 될 수 있다. 특히 어린 자녀에게는 성장 과정에서 겪은 상처로 말미암아 평생 왜곡된 선택을 할 수도 있는 것이다. 얼마나 큰 고통인가!

"당신은 남자 때문에 울면서 살 팔자야!"

그녀는 힘든 마음을 추스르고자 상담을 청했다. 그러나 돌아온 것은 독설뿐이었다. 이런 경우에 처하면 누구라도 난감하다. 그야말로 막다른 골목이다.

"선생님, 저는 절대로 남자를 만나지 않으려고요."

그녀는 한동안 말을 잇지 못했다. 침묵의 시간은 아픈 과거만큼이나 쉽게 끝나지 않았다. 어린 시절부터 심적 고통을 겪으며 살았기 때문이다. 철없이 지내야 할 나이에 이미 철들어버렸기 때문이다. 불행한 가정환경을 만든 나쁜 아빠의 존재 때문이다. 그래서 남자에 대한 그녀의 마음이 얼음골처럼 차갑게 동결되었다.

우울한 표정을 하고 있는 그녀의 마음이 절절하게 와닿는다. 차마 주변 사람들에게 꺼낼 수 없었던 상처라 꽁꽁 숨겨왔지만, 오늘은 와르르 쏟아지나 보다. 그녀를 위해 어떤 말로 위로해야 할까? 똑같은 일을 겪어보지 않아 이해한다는 말을 꺼낼 수 없었다. 말이 쉽게 나오지 않았다.

명리학은 태어날 때부터 개인의 인생이 정해지는 운명학적 관점을 가지고 있기에 절망적인 학문이라고 말하는 사람들도 있다. 성공하는 것도, 실패하는 것도 이미 정해져 있는데 굳이 노력해서 무엇을 하겠느냐고 말하는 이들도 있다. 운 나쁜 사람은 성공학에 입각한 노력을 기울여도 쓸모가 없는 것 아니냐고 말한다.

'명리학은 희망이다.'

그러나 나는 명리학은 희망이 있는 학문이라고 생각한다. 이 세상에 존재하는 학문 중에서 사람의 운명을 예측하는 것은 많지 않다. 좋은 때와 좋지 않은 때를 거론하는 학문은 더욱 극소수다. 사람의 일생에서 일상다반사를 예측하는 것은 불가능하지만, 적어도 지금 내가 무엇을 위해 살아가야 할지 큰 틀에서 답을 주는 학문이 명리학이다. 그래서 명리학에 길을 묻는 것이다. 이것은 곧 남은 인생에 대한 희망을 가지는 거다.

"어떤 분이 말했는지 모르겠지만, 당신은 남자 때문에 울면서 살아야 하는 팔자가 아닙니다. 또한 자기 스스로 원하지도 않는 결혼을 왜 해요? 내 인생이니까 연애도 결혼도 내가 필요하면 하는 거예요. 요즘은 세상이 많이 변했어요."

"그렇죠? 선생님 말씀 들으니까 돈이나 열심히 벌어야겠다는 생각이 드네요."

그 누구에게도 마음의 문을 열 것 같지 않았던 그녀가 문을 연다. 단단하게 닫힌 마음의 문이 열리는 것은 매번 비슷하다. 이것은 순전히 명리학 때문일 것이다. 일반 심리 상담이 경청과 공감, 동의 등의 기술에 기반한 반면, 명리학적 분석은 그 어떤 상담과도 비교되지 않을 만큼 미래 예측이라는 위력적인 힘을 가지고 있기 때문이다.

사연자의 마음을 자연스럽게 열게 만든 것은 그녀가 가장 핵심적으로 추구하고 있던 목표를 명리학적 분석으로 적중했기 때문이라고 본다. 이렇게 빗장이 열리면 상담의 실마리가 풀리고 감춰두었던 고민들이 줄줄이 그 모습을 드러낸다.

이때부터 진짜 소통이 시작된다. 진솔한 대화를 주고받는 과정에서 사연자는 감정의 정화가 일어나고, 감정의 정화는 응어리를 풀어낸다. 웃거나 울거나 의욕이 생기거나 다짐하거나 등의 다양한 방식으로 감정이 응집된다. 이러한 감정의 응집이 일어나는 순간이 바로 힐링이다.

사주 상담이
상처가 된 사람에게

"결혼 두 번 할 팔자야."

"남편 복 없어, 그냥 만만한 사람하고 결혼해, 이런 팔자는 어차피 남자 고른다고 달라질 거 없거든. 알고 있잖아?"

"도화살이 많아서 바람나겠네요. 이렇게 끼가 많은데 어떻게 결혼하려는 것인지. 그 남자랑 오래 살기 어려워. 바로 이혼할 텐데."

숨이 넘어갈 듯한 목소리였다. 100미터 달리기라도 한 것처럼 숨을 몰아쉬며 사연자가 말했다.

"저는 결혼도 못 하고 혼자 살아야 하는 팔자인 거예요?"

어디서 그런 소리를 들었냐고 물으니 조금 전에 점을 보았다고 한다. 어이없는 말을 계속 듣다 보니 자신도 모르게 흥분하게 되었단다.

"제가 남편 잡아먹는 팔자는 아니죠? 제가 혹시 결혼하면 저 때문에 남편이 죽는 것 아니죠? 그렇죠?"

극단적인 이야기를 많이 들으면서 뇌리에 박힌 말들이 감정을 과도하게 자극했을 것이다. 당장이라도 큰일이 일어날 것처럼 자기 자신도 흥분되는 마음을 주체하지 못했을 것이다. 이러한 상황은 사연자에게만 해당되는 것은 아니다. 멀쩡한 사람도 극단적인 말들 앞에서는 맥을 못 춘다.

사실, 이런 감정 상태를 가진 사연자를 접하는 것은 내게 흔한 일이다. 조금 전에 혹은 며칠 전에 들은 점사나 운명 관련 이야기 중 극단적인 말들이 껴 있으면 이를 재차 확인하고자 또 다른 상담가를 절박하게 찾아다닌다. 얼마나 찜찜할까! 오죽 심란하면 이 사람 저 사람 찾아다니며 확인하고 또 확인할까 싶다.

좋지 않은 이야기를 들었을 때는 머리에서 쉽게 지워지지 않는다. 잊으려고 해도 잘 잊히지 않고, 무시하려고 해도 무시가 안 된다.

참 이상하다. 안 좋은 말들은 어쩌면 그렇게 머리에 콕콕 박혀버리는 것일까! 여러 번을 들어도 기억나지 않는 말 때문에 곤혹스러울 때도 많다. 그런데 점쟁이의 점사나 사주 상담가의 독한 말은 수십 년이 지나도 지워지지 않는다. 아물지 않는 상처로 남는다.

이즈음에서 나는 확실하게 말하고 싶다. 사주 상담이나 점술사의 점사 때문에 상처받을 필요 없다고 말이다. 한 번 들은 엉뚱한 말 때문에 평생을 불안하게 생각할 필요도 없고, 찜찜한 말 때문에 '정말 그렇게 되는 걸까?' 하고 걱정할 필요도 없다.

명리학은 미완성의 학문이다. '인생은 미완성'이라는 말처럼 명리학 역시 완벽하지 않다. 그렇기에 개인의 인생사에 대한 소소한 부분까지 예측한 그대로 사건 사고가 일어나는 것은 아니다. 이 말은 예측에서 벗어나는 일도 많다는 뜻이다. 어떻게 인생의 모든 것이 결정되었다고 생각하는가! 이런 생각이 더 위험한 것이다.

명리학은 복잡한 분석 과정을 거치는 학문이다. 단편적인 이론 한 가지로 사람의 인생을 확언할 수 없다. 작은 사건 하나로, 한 가지 이론적 해석으로 개인의 인생 전체를 단정하는 것은 옳지 않다. 일상에서 일어나는 소소한 것들에 어떠한 선택과 결정을 하느냐에 따라 다른 결과가 나타나기도 한다. 또한 복합한 분석 과정에서 오는 오류도 많다. 같은 사주팔자를 두고 다르게 해석하는 경우도 많다.

"도화살이 있어서 바람기가 많아!"

사주팔자 내에 '도화'의 뜻을 나타내는 글자가 있다고 해서 바람기가 있다고 말하는 것은 틀린 거다. '도화'라는 글자는 어떻게 사용하느냐에 따라서 장점이 될 수도 있고, 약점이 될 수도 있다. 이것이 바로 팔자 분석의 오류다. 시대에 맞지 않는 분석이다. 지금의 시대에서는 '도화'라는 글자로 성공을 끌어내는 직업도 많다.

나는 강조한다. 명리학은 사람을 죽이는 학문이 아니다. 사람에게 상처 주고자 만든 학문이 아니다. 사람을 살리려고 만든 학문이고, 사람에게 희망을 주고자 만든 학문이다. 상담하는 과정에서 들었던 말 때문에 상처받지 않길 바란다. 때로는 무시하고 살아도 된다고 말하고 싶다.

점을 치거나 운명을 예측하는 사람들은 신이 아니다. 그런데도 상담받는 사람들은 그들의 말을 신의 말처럼 곧이곧대로 받아들이곤 한다. 확신으로 가득 차서 점사를 말하지만 시간이 흐른 뒤 점사에서 벗어나는 경우도 많다. 그들의 사소한 한마디 말을 뼛속 깊이 새기며 부정적인 마음속에서 사는 것은 상담 목적에서 벗어난다.

또한 마음이 힘들어서 상담받는 것인데, 어떻게 해야 할지 몰라서 바른 방법을 찾고자 상담받는 것인데, 그 상담으로 말미암아 오히려 심적 고통만 커진다면 굳이 돈을 내면서까지 상담할 필요가 없다.

상담가의 역할도 개선이 요구된다. '고객이 알아서 가려들어야 하는 것'이라고 생각하고 상담에 임한다면 상담가로서 준비되지 않는 것이다. 특히 사주 상담은 명리학의 이론적 원리도 중요하지만, 고객과의 원활한 소통도 중요하다.

상담가의 역할에는 미래를 예측하는 것도 중요하지만 이것만이 전부는 아니다. 상담을 받는 사람이 바르게 살아갈 수 있도록 해야 한다. 희망을 품고 다시 시작할 수 있도록 동기부여를 제공하는 것도 중요하다. 어려운 고비를 잘 넘길 수 있도록 위로하고, 좋은 방향을 제시할 필요도 있다. 이러한 과정에서 해야 할 말과 하지 말아야 할 말을 구분하는 것은 상담가가 갖춰야 할 기본 소양이다. 아니, 반드시 갖추어야 할 필수 역량이다.

명리학은 사람을 죽이는 학문이 아니다. 사람에게 상처 주고자 만든 학문이 아니다.
사람을 살리려고 만든 학문이고, 사람에게 희망을 주고자 만든 학문이다.

사는 것이 고단하다고
느낄 때

수년이 지나도록 주어진 일을 묵묵히 해냈지만 변한 것 하나 없이 지금이나 수년 전이나 똑같다고 느껴질 때가 있다. 몇 년이 지나도록 잡다한 일을 싫은 내색 없이 해내다 보면 '조금이라도 좋아져야 하는 것 아닌가?' 하는 기대심리가 생긴다. 연봉, 직급, 통장 잔고, 마음의 여유 등 어느 것에서든지 조금은 나아져야 한다는 기대는 어쩌면 당연하다.

그다지 변한 게 없다고 느껴지는 날에는 맥이 빠진다. 더 나빠진 것 아닌가 하는 마음도 든다. 언제까지 이렇게 대가도 없는 노력에 매달려야 하냐는 불만도 생긴다. 대단한 것을 바라지는 않았지만,

뭐라도 좋아져야 하는 것 아닌가 하는 아쉬움이 생긴다. 나에게 주어진 행운은 지금 이대로가 전부란 말인가!

이런 생각에 휩싸이는 날에는 한여름보다 뜨거운 화가 온몸에 퍼진다. 뭐, 이런 감정을 겪지 않고 사는 사람이 어디 있을까! 하루에도 몇 번씩 신세를 한탄하게 된다.

"저는 언제부터 운이 풀려요?"
"얼마나 더 열심히 살아야 좋아질까요?"
"제 인생에도 황금기가 있기는 할까요?"

좋은 운은 누구나 절실하게 기다리는 시기다. 그런데 좋은 운을 맞이하는 시기는 사람마다 다르다. 어떤 사람은 인생에서 최고의 운이 20대에 오기도 하고, 어떤 사람은 60세가 넘어서 오기도 한다. 각자에게 주어진 좋은 운의 시기가 다르다.

좋은 운은 어떻게 결정되는가? 태어난 생년월일시로 결정된다. 생년월일시가 결정되면 좋은 운에 대한 시기를 바꿀 수 없다. 인생의 큰 테두리가 결정되기 때문이다. 저마다 꽃피는 황금기가 다르니 동갑이라도 살아가는 모습이 천차만별로 다르게 나타나는 것이다.

좋은 운을 기다리는 이유는 간단하다. 일이 술술 풀리고, 원하는 것들을 순조롭게 성취할 수 있기 때문이다. 투여하는 노력보다 탁월한 결과를 얻을 수 있다는 장점이 있다. 그렇기에 누구나 좋은 운을 학수고대하는 것이다.

여전히 사는 것이 고단하다 느껴지고, 자신만 제자리에 있는 것 같아 실의에 빠진 사람들에게 좋은 운은 크게 와닿지 않을 수 있다. 성공학에서 말하는 '지금처럼 조금 더 노력하면 좋아질 것'이라는 막연한 말이 더 강한 짜증을 부를 수도 있다.

"대체 언제까지 노력만 하고 살아야 하는 걸까?"

명리학적 분석은 막연한 답변보다는 구체적인 시기를 말해줄 수 있는 장점이 있다. 100% 단언할 순 없지만 개개인에 따라 좋은 운에 해당하는 시기를 분석할 수 있기 때문이다. 이러한 분석으로 내 인생에서 황금기는 언제쯤인지 알 수 있다. 얼마나 더 기다려야 하는지도 알 수 있다. 언제쯤 좋은 운이 시작된다는 말은 찌들어 있는 일상에서 만나는 오아시스와 같다. 지치고 힘들던 하루가 다시 힘내서 살아봐야겠다는 의욕으로 대체된다.

"사는 것이 고단하다고 느낄 때 혼자 버티면 안 된다."

내가 강조하는 말이다. 지금은 가능성의 시대를 지나 버티는 시대이니 각자 알아서 버텨내야 한다는 말은 큰일 날 말이다. 지금의 청춘들은 미래의 가능성을 고민하는 시간보다 현재의 자리에서 어떻게 안착해야 하는지가 급선무가 되었다. 그만큼 생존이 어려워졌다는 이야기다. 하루를 살아내기가 녹록지 않은 현실이다. 이런 상황 앞에 스스로 해결하라고 하는 것은 사지로 몰아가는 것이다.

고단하고 지칠 때 혼자 버티며 안간힘을 쓰지 않기를 바란다. 또한 자신을 위해 고단한 감정에서 벗어날 방법을 찾아야 한다. 병원에서 약을 처방받든, 심리 상담으로 마음의 안정을 찾든, 친구들과 술 한잔 기울이며 푸념하든, 사주 상담으로 운의 길흉을 이해하든, 자신에게 보상이라도 하든 무엇이든 상관없다. 노력하고 있는 자신을 향해 낙담하는 게 아니라면, 아무 일도 안 하는 것보다는 어떠한 방법이라도 찾아내는 게 자신한테 좋다.

또한 그 어떤 순간에도 노력하고 있는 자신을 향해 비난하지 않아야 한다. 예상하지 못한 실수를 하거나, 최악의 결과로 실패하더라도 모든 것이 자기 잘못만은 아니다. 단 한 번도 실수하지 않는 인생, 실패하지 않는 인생이란 없다. 실수도 실패도 일상에서 벌어지는 평범한 사건 사고의 하나일 뿐이다. 또한 이러한 과정들을 겪으며 성장한다.

긴 인생길을 가다가 고단한 순간을 만날 때 필요한 것은 비난이
아니라 위로다. 나는 그렇게 생각한다.

"애썼어. 그동안 고생 많았어."